colección **el dorado**

Las manos de Perón

Adrián del Busto

Las manos de Perón
De la profanación a las
cuentas suizas y el oro nazi

Buenos Aires, Bogotá, Barcelona, Caracas, Guatemala,
Lima, México, Miami, Panamá, Quito, San José, San Juan,
Santiago de Chile, Santo Domingo

www.norma.com

> A863 Del Busto, Adrián
> DEL   Las manos de Perón. - 1ª ed. - Buenos Aires:
>   Grupo Editorial Norma, 2003.
>   200 p.; 21 x 14 cm. - (El dorado)
>   ISBN 987-545-106-1
>
>   I. Título - 1. Narrativa Argentina

©2003. Adrián del Busto
©2003. De esta edición:
Grupo Editorial Norma
San José 831 (C1076AAQ) Buenos Aires
República Argentina
Empresa adherida a la Cámara Argentina del Libro
Diseño de tapa: Ariana Jenik y Eduardo Rey

Impreso en Argentina
Printed in Argentina

Primera edición: mayo de 2003

cc: 21180
ISBN: 987-545-106-1
Prohibida la reproducción total o parcial por
cualquier medio sin permiso escrito de la editorial

Hecho el depósito que marca la ley 11.723
Libro de edición argentina

*Está en mi naturaleza,
dijo el escorpión.*

Capítulo I

Berlín, vísperas de la Navidad de 1944

La nieve caía, pertinaz. Entre rezongos de protesta, el Mercedes seguía trepando por aquel camino sinuoso. En algunos tramos, la nieve se tornaba hielo, exigiendo al conductor toda su pericia para no desbarrancarse en una coleada. Durante los raros momentos en que el motor suavizaba su ronquido se escuchaba, ominoso y ya no tan lejano, el perseverante rugir de los cañones rusos.

En el coche viajaban, además del maduro reservista que conducía, dos hombres en el asiento posterior. Uno, cincuentón, con un parche negro donde había estado su ojo izquierdo y un par de cicatrices de duelista, vestía uniforme de las S.S. e insignias de coronel. El otro era muy joven, recién salido de la adolescencia. Su rostro fresco y descansado contrastaba con la fatiga que crispaba las caras de los dos militares.

Todo en aquel joven era suntuoso y de buen ver. Su cabello, corto y cuidado, el echarpe de angora que envolvía su cuello y el abrigado sobretodo de pelo de camello. En su muñeca izquierda llevaba un costoso reloj de oro, y sobre las rodillas apoyaba un portafolios negro de cuero de cocodrilo con brillantes hebillas doradas. Su aspecto revelaba que su paso por esa guerra, además de momentáneo, era en carácter de espectador y que no se trataba precisamente de un menesteroso.

Tras la última curva de la inacabable sucesión de vueltas y contravueltas llegaron frente a la imponente mole gris de un castillo medieval, que seguramente había sido mandado a construir por alguno de aquellos Caballeros de la Orden Teutónica, entre Cruzada y Cruzada. Un muy joven –casi imberbe– teniente de las s.s., tras identificar a los ocupantes del Mercedes, ordenó a los centinelas franquear el paso.

Aquel antiguo castillo –devenido cuartel, como tantos– servía de asiento a una de las divisiones del Estado Mayor que protegían el acceso oriental a Berlín.

Traspusieron a paso de hombre la barbacana, zigzagueando entre caballos de frisia envueltos en alambre de púa y colocados oficiando de barricadas. Al llegar al patio, vieron alineados, en lo que debieron ser otrora caballerizas, algunos otros Mercedes Benz, de aquellos reservados al uso de los oficiales superiores.

Guiado por el ojituerto Coronel, el joven suizo –porque el joven bien vestido era suizo, y además rubiecito– cruzó el salón principal, ahora vuelto sala de situación, ajetreado, rodeado de infinitos escritorios e inmensos mapas que mostraban la ya inocultable inminencia de la derrota.

Al fin accedieron a una habitación de importantes dimensiones donde se encontraban, sentados a una gran mesa, numerosos oficiales superiores de todas las fuerzas.

Las manos de Perón

El Ejército, la Marina, la Fuerza Aérea y las S.S. estaban representadas. Luego de hacer pasar al suizo, el Coronel del parche se retiró, cerrando tras él la puerta.

Cumplidas las presentaciones el joven se sentó a un extremo de la larga mesa. Frente a él, en el otro extremo, un mariscal de campo lucía en el pecho, además de las dos Cruces de Hierro, una impresionante cantidad de condecoraciones y distintivos de campañas. Debía ser el de mayor jerarquía ya que llevaba la voz cantante.

El joven sacó de su portafolios una carpeta con papeles mecanografiados, y con su acento suizo, tan execrado por los alemanes, empezó, con voz meliflua, la lectura de su contenido.

Los militares alemanes, con rostros demacrados que reflejaban fatiga y angustia, prestaban a sus palabras una atención casi reverencial. Todos ellos sabían ya que sólo la crudeza del invierno retardaba la segura capitulación del Tercer Reich, ése que, según Hitler, iba a durar mil años.

Tenían también la certeza de que los vencidos iban a ser tratados como criminales por los vencedores, que vendrían persecuciones y revanchas de inédita crueldad y que no podrían esperar clemencia de aquellos con quienes no la habían tenido.

En ese sombrío marco, estos futuros proscriptos veían como única salida algo que muy poco tiempo atrás seguramente hubieran calificado de traición.

El suizo les ofrecía una nueva vida lejos de Alemania, con una nueva identidad, para que ellos y sus familias pudieran vivir en paz, a salvo de persecuciones y venganzas de los vencedores. Y todo eso sería posible en un país cuyo nombre, por sí solo, tenía ya una agradable y promisoria sonoridad: Argentina.

Para acceder a ese incógnito y seguro exilio deberían pagar una ingente cantidad de oro en lingotes, que por ahora obraba en poder de aquellos conjurados.

Terminada la lectura, el joven paseó su vista por los tensos rostros que lo rodeaban, y supo que lo que les había propuesto iba a ser discutido... pero finalmente aceptado.

–¿Y si este hombre fracasa en su intento de tomar el poder? –preguntó preocupado el Mariscal.

–Es que no tiene que tomar el poder, como usted dice –replicó el suizo–. En este momento ya tiene el poder en sus manos, es el vicepresidente de la Nación, y además ministro de Guerra y secretario –con rango de ministro– de Trabajo y Previsión.

–¿Entonces? –insistió el alemán.

–Entonces lo que ahora quiere, y va a lograr, es acceder a la Presidencia a través de un proceso electoral democrático. Por otra parte, señor Mariscal, ¿cuentan ustedes con alguna alternativa mejor?

–Vea Reto –respondió el militar–. Alternativas tenemos varias, ¡y ésta me resulta francamente leonina!

–Respetuosamente, señor Mariscal –decía el suizo eligiendo cuidadosamente las palabras–, dudo que alguien les ofrezca un trato mejor que el nuestro.

–Reto, no voy a negarle que entre tanto aventurero...

–¡Este hombre no es un aventurero, señor Mariscal! Es un oficial con gran prestigio entre sus pares...

–Es que a veces pienso que sólo un aventurero en un país aventurero podría reunir en sus manos la vicepresidencia y dos ministerios, uno de los cuales es, para colmo, el de Guerra... Eso sin hablar de su ostentoso romance con una actriz de radio varios años menor que él.

–Señor Mariscal. ¡No me diga que lo envidia!

–¡No diga insensateces, Reto! –replicó el Mariscal.

–Señor Mariscal, usted tiene un primo argentino que es camarada de armas y amigo íntimo de nuestro hombre. ¿Qué le ha contado su primo sobre él?

–¡Ah! –dijo el alemán riendo–. ¡No puedo tomarlo en serio! Es que mi primo Max habla de este Coronel como si fuera el nuevo Mesías.

–¿Entonces?

–Está bien Reto –dijo el Mariscal recorriendo con la vista las caras preocupadas de los demás circunstantes–. ¿Puede esperar un momento afuera? En unos minutos le haré saber nuestra decisión.

–De acuerdo –le contestó Reto, poniéndose de pie y tomando su portafolios.

–¡Coronel Edelmann! –llamó el Mariscal, y mágicamente apareció con un recio golpe de tacos el Coronel del parche.

–¡Ordene, señor Mariscal de campo!

–Por favor, Coronel, lleve a este señor hasta la sala de espera y haga que le sirvan café. Yo le diré cuándo llamarlo.

–¡Está claro, señor Mariscal de campo!

Locuaz como un pescado –igual que durante el viaje desde Berlín– el Coronel lo condujo hasta una habitación más reducida, con unos sillones que debían ser atrozmente incómodos, y tan helada como el resto de aquel gélido castillo. Con otro tacazo –esta vez más suave– y una muy leve inclinación de cabeza, el Coronel hizo mutis, cerrando la puerta y dejándolo solo.

Instantes más tarde un correcto ordenanza le trajo un jarro de hojalata con café. Café aguachento, pero caliente.

Cuando estaba terminando su infusión, que bebía a sorbos cortos, cuidando de no quemarse con el borde del jarro, alguien llamó a la puerta. Era el coronel Edelmann, para conducirlo nuevamente a la sagrativa reunión.

–Reto: hemos resuelto aceptar su propuesta, es decir la de su representado y ese Grupo de Oficiales Unidos que lo secunda.

–Los felicito por lo razonable de su decisión –contestó el suizo, tratando de que su satisfacción no fuera demasiado evidente.

–Entonces, ¿cómo procederemos? –quiso saber el Mariscal.

–Cuando usted lo disponga estaré esperando en Konstanz, cerca de nuestra frontera. Desde allí los acompañaré personalmente para evitar cualquier dificultad –explicaba Reto entusiasmado–. Entraremos a Suiza por Kreutzlingen, y de allí seguiremos viaje hasta Zurich. Considero aconsejable colocar los lingotes en valijas comunes, de cuero. Eso los hará más manuables y menos llamativos ante cualquier mirada indiscreta.

–Pero, ¿y la Aduana Suiza? –indagó el militar–. ¿Cómo vamos a cruzar con semejante cargamento?

–Eso, señor Mariscal –replicó Reto con una amplia sonrisa– es parte de los servicios que está usted contratando.

Poco más tarde, el Mercedes que lo trajo lo llevaba, sentado junto al silente Coronel, de regreso a Berlín, bajando temerariamente todo lo que habían subido para llegar al castillo, pero con el camino empeorado –si eso fuera posible– por la persistente nevada.

Ahora se estaba levantando una brisa del Este, que acercaba el incesante retumbo de la artillería soviética.

Reto pensó que esa Navidad iba a ser, para toda esa gente, la más amarga de su vida.

Capítulo II

Buenos Aires, junio de 1987

Ésa era una de aquellas tardes tan, pero tan detestables –y típicas– de invierno en Buenos Aires. Hacía frío, y el viento del Sudoeste arremolinaba la llovizna y daba vuelta los paraguas. El empedrado de la avenida Jorge Newbery, surcado por las vías de un pretérito tranvía, estaba peligrosamente resbaloso, como si hubieran enjabonado los adoquines.

–¡Qué tarde de mierda! –rezongaba el hombre, contrariado–. ¡Y tener que venir en un día como el de hoy, justamente, a un lugar como éste!

Bien arrebujado dentro de su coche, disfrutando al menos de ese cálido microclima, encendió las luces de giro, y asegurándose de que no viniera nadie detrás suyo, entró al cementerio de la Chacarita.

–Dios mío, ¡qué solos se quedan los muertos! –se dijo recordando a Bécquer, mientras paseaba sobrecogido su mirada por ese desolado paisaje.

El Sierra siguió, a paso de hombre, con respetuosa lentitud cementerio adentro, con esa certeza que da el reandar sendas reiteradamente transitadas.

Más adelante, al comenzar el sector de las bóvedas, había una casilla bastante precaria donde tres cuidadores, amuchados entre escobas y baldes, tomaban mate mezquinando el cuerpo al viento y la llovizna. Allí, frente a la casilla de los cuidadores, se detuvo.

–¡Humberto! –llamó desde el auto, quitando el seguro a las puertas.

Humberto era un morocho petiso y sesentón, con una gorra metida hasta los ojos y mirar cansado y triste. Trotó hasta el coche, tratando de mojarse lo menos posible, y subió.

–¿Qué dice, doctor? Ya lo andaba extrañando –saludó, quitándose la gorra y cerrando la puerta.

El hombre contestó el saludo con poco entusiasmo y siguió morosamente su marcha cementerio adentro por una calle flanqueada por adustas bóvedas.

–Ya van para trece años, ¿o no, doctor? –preguntó Humberto.

–Sí –respondió el otro–. Trece años, parece mentira, ¿no?

Tomó por una calle que bordeaba el alto paredón sobre la avenida Guzmán, para detenerse finalmente algo más adelante. Había parado de llover.

–Te traje unos manteles limpios, así nadie anda criticando al pedo –dijo, sacando del baúl del auto uno de esos paquetes blancos y prolijos que denuncian desde lejos la ropa almidonada–. También te traje Brasso para que le pegués una lustrada a la puerta y a las placas.

Humberto tomó el paquete con las dos manos, sosteniéndolo delicadamente, como si fueran huevos.

Caminaron unos metros por una callecita estrecha que no permitía el paso de un automóvil, hasta detenerse frente a una bóveda en cuyo frontis podía leerse "Tomás Perón", en grandes letras.

El doctor abrió la pesada puerta blindada y revestida en bronce. Desde el interior del panteón sopló un viento más que helado que lo obligó a dar, instintivamente, un paso atrás. Repentinamente sintió que algo estaba mal. Tenía las palmas sudadas pese al frío.

–Humberto –dijo nervioso–, dejá el puto paquete en el asiento del auto y traete la linterna que hay en la guantera. ¡Metele!

Desde el umbral, a través del espacio que dejaba la puerta entreabierta, vio que el piso estaba mojado y lleno de pequeños añicos de vidrio. Empujó la puerta y el chirrido de los añicos arrastrados contra el mármol del suelo lo hizo estremecer. Paseó el amarillento haz de luz de la linterna. Frente a la entrada había un pequeño altar, y debajo, en dos nichos superpuestos, descansaban los ataúdes del médico Tomás Perón y de Juana Sosa, su mujer. En el centro, bajo la claraboya rota, había una escalerita de mano, de caño de hierro, oxidada y despintada.

–Humberto, esta escalerita de mierda ¿es de aquí?

–Pero no doctor –explicaba el cuidador después de echar una ojeada a la devaluada escalerita–. Es nuestra, de los cuidadores. La tenemos para lustrar las placas que están muy altas y eso, ¿vio? Pero lo que no sé es cómo vino a parar aquí. Si andaba perdida hace unos días... ¡Doctor, aquí anduvo gente, doctor! ¡Algún hijo de puta rompió la claraboya y se metió para joder al General! ¡Hijos de puta!

"Ahora sí que la cagamos —pensó el doctor, espantado—. ¡Se afanaron el cadáver del "Viejo"!"

Con gran cuidado, temiendo resbalar en el mármol mojado, descendió los primeros peldaños de la peligrosa escalera —casi en espiral— que llevaba a la cripta. Su linterna iluminaba cada vez menos, pero la poca luz que aún proyectaba le alcanzó para ver, a través del grueso cristal blindado, el ataúd del general Juan Domingo Perón. El cristal parecía mostrar huellas de golpes y rajaduras, pero la ya escasísima luz no permitía ver gran cosa y no quería —ni en pedo— bajar los peldaños que faltaban.

Subió y salió del fúnebre monumento. Afuera, con rostro exangüe y demudado, Humberto, como en una letanía, seguía anatemizando a los presuntos profanadores.

—¡Gorilas hijos de puta! —repetía—. ¡Hay que matarlos a todos, hijos de puta.

Cerró con llave y tomando del brazo al shockeado Humberto —que seguía puteando—, lo metió en el auto y salió raudo hacia la Dirección del cementerio.

—¡Soy sobrino del general Perón! —bramó frente a un empleado que lo miraba con cara de asustado—. ¡Deme un teléfono! ¡Han profanado la bóveda del General!

—Pase por aquí señor. Acá tiene señor —tartajeaba el pobre cagatintas, señalando con mano trémula un teléfono que descansaba sobre un escritorio.

—Hola... Soy yo, che, estoy en el cementerio. ¿Podés creer que algún reverendísimo hijo de puta rompió la claraboya y se metió a la bóveda?... No. No sé.

Las manos de Perón

Venite para la 29... No boludo, a la comisaría 29... ¡Pero si estás a tres cuadras!... Sí, traéte el poder para hacer la denuncia... ¡Apurate! –y colgó.

–¿Dónde está Suárez? –preguntó en tono autoritario, sin dirigirse a nadie en particular.

Julio Suárez, uno de los directivos del cementerio, a quien había conocido en algún acto, apareció solícito frente a él como materializado de la nada.

–Doctor, ¿qué pasó? –preguntaba Suárez a borbotones, con la lógica inquietud de un funcionario menor que enfrenta a un personaje.

–¡Esto es una barbaridad! ¡Aquí tienen que rodar cabezas. Tienen que rodar cabezas, le digo! –vociferaba el otro en una comprensible descarga de adrenalina–. Ahora me voy a buscar a la policía. Que alguien se quede cuidando la bóveda hasta que lleguen.

–¡Voy yo! –se ofreció el pobre Humberto, que seguía mascullando maldiciones.

Al llegar a la comisaría, se dio a conocer a un oficial, que de inmediato lo condujo al despacho del comisario. Vio con agrado que su hermano había llegado antes que él y ya estaba reunido con el policía.

–Mucho gusto, doctor –saludó el comisario estrechándole la mano–. Por favor, cuénteme qué pasó, o mejor dicho, qué es lo que encontró fuera de lugar al llegar a la bóveda de su tío.

–Como primera medida –dijo sacando una gran llave de doble paleta que llevaba sujeta a un llavero de cadena–, aquí le entrego la llave de la bóveda. Yo no pienso volver a abrir esa puerta hasta que todo esto se aclare.

Durante un rato, el comisario escuchó con atención su relato y luego de terminar, viendo al declarante mucho más tranquilo, dijo:

—Si les parece bien vamos yendo hacia el lugar del hecho. Yo ya hice bajar un móvil para que nos espere allí. ¿Me acompañan por favor?

Cuando llegaron en el coche del comisario, esperaban frente a la bóveda el subcomisario, y un oficial inspector que portaba una robusta linterna. El comisario abrió totalmente la puerta, y desde el umbral iluminó el lugar con la poderosa luz.

En lo primero que reparó fue en la rotura de la claraboya y en la escalerita, sugestivamente colocada bajo la abertura.

—Seguramente entraron y se fueron por ahí —dijo a su segundo, iluminando el tragaluz roto—. Vení, Martinelli, vos que sos joven, tomá la linterna y bajá, a ver si encontrás alguna novedad —indicó al inspector.

Martinelli bajó la escalera con paso precavido, cuidándose de no resbalar sobre el mármol mojado. Pasaron unos minutos sin que nadie abriera la boca.

—¡Mi comisario, por favor, baje! —llamó el inspector Martinelli con urgencia en la voz.

La cripta era un reducido recinto rectangular. Las paredes, como el resto de la bóveda, estaban revestidas en mármol blanco. En un rincón se veía la boca de la escalera que conducía al segundo subsuelo. Contra la pared del fondo había tres nichos con un féretro en cada uno. El del medio, de sombría suntuosidad, con manijas de plata, protegido —si cabe el término– por un grueso cristal blindado, era el del general Perón.

Casi en el centro del cristal blindado se observaba un agujero de bordes anfractuosos y desparejos que permitían ver su espesor –unos doce centímetros–, aproximadamente circular, del tamaño de una pelota de fútbol. Los tres policías contemplaban, mudos, aquel boquete, como esperando que algo, no se sabía qué, fuese a suceder.

–Che, Martinelli –dijo por fin el comisario–, haceme bajar a los familiares. ¡Con cuidado en la escalera!

Un olor ácido y penetrante –formol, dijo alguien– que hacía picar la nariz y llorar los ojos, inundaba la cripta. Pero decididamente no era nada parecido al olor de un cuerpo en descomposición.

Los dos hermanos se sumaron, en aquel hipogeo de gélida lobreguez, precariamente alumbrado por la linterna del inspector Martinelli, a la desconcertada contemplación del ominoso agujero.

Se miraban entre sí y miraban el nicho, sucesiva y alternativamente, con una expresión que aunaba desconcierto y preocupación, sin atreverse a decir una palabra.

–La bandera –dijo el menor, poniendo fin al sortilegio–. Falta la bandera.

–También se han llevado la gorra, ¡y el sable! –agregó el otro.

–Encima del cajón había una bandera, enlutada con una faja de seda negra –enumeró el primero–. Sobre la bandera estaban la gorra y el sable. Corvo como el de San Martín, ¿vio?

—Han roto la cerradura del ataúd –acotó el comisario–, pero no veo en el piso del nicho marcas que hagan pensar que fue movido.

–¿Quiénes tienen llave de esta bóveda? –preguntó el subcomisario.

–Hay dos llaves. Una la tengo yo, y la otra se la entregó mi hermano al comisario. Que yo sepa, no existen más copias.

–¿Y el cuidador... Humberto creo que se llama?

–No, tampoco. Cuando necesita entrar nos llama y le abre uno de nosotros, y lo mismo es con los demás familiares o para algún homenaje.

–¿Podemos abrir el nicho? –preguntó el subcomisario–. ¿Sacar ese vidrio y ver mejor el ataúd?

–No. Francamente es un quilombo –lo desalentó el mayor de los hermanos–. Son doce llaves diferentes y nosotros no las tenemos.

–¿Cómo? –exclamaron a coro los policías.

–Así como lo oyen –informaba el doctor–. Ustedes pueden ver que en cada esquina del vidrio hay una cerradura de acero con tres ranuras. Bueno, son para esas llaves, que son computarizadas o algo así. Son doce y están depositadas en la Escribanía General de Gobierno.

–¿Cómo es eso? –quiso saber el comisario.

–En el 76, Videla, que entonces era presidente, quiso mudarse a Olivos. Pero antes hizo sacar de allí los cuerpos de Evita y del General, que descansaban en una cripta, que si no me equivoco, fue idea de López Rega –historiaba, memorioso, el mayor de los hermanos–. Pero antes hizo reacondicionar, para hacerlas inviolables, según él suponía, esta bóveda y la de los Duarte, donde pusieron a Evita, en la Recoleta. Así fue que mandaron hacer este cristal.

–En esa época –intervino el otro hermano– la Señora, sabe, estaba en can..., digo estaba detenida en Villa la Angostura. Cuando le llevaron las llaves no las aceptó, pretendiendo así que el gobierno asumiera alguna responsabilidad en la cosa.

–¿O sea? –urgió el comisario.

–O sea que están depositadas bajo acta notarial en la Escribanía General de Gobierno –concluyó.

–Bueno, aquí no se puede hacer nada más hasta que lo disponga el juez –acotó el comisario–. Creo que está de turno el doctor Far Suau.

–Sí –confirmó el subcomisario–. Creo que la Secretaría es la de Bobbio.

A esa altura de los acontecimientos todo el mundo quería irse de ahí. No importaba demasiado a qué, ni a dónde, simplemente querían estar fuera del gélido recinto, sentirse vivos.

–Diganmé, así, a simple vista, ya que no podemos abrir el nicho y revisar el ataúd, además de lo que ya sabemos, o sea, la bandera, la gorra y el sable, ¿notan la falta de algo más?

–Pero comisario... –ironizó el Doctor–. ¿Le parece poco?

–Sí –cortó el mayor, señalando un clavito en la pared, cerca de la cabecera del nicho–. Falta el versito.

–¿Qué versito?

–Mire comisario, cuando la Chab... digo, cuando la Señora, sabe, estaba en El Messidor, en medio de alguna depre se le dio por escribirle un verso a Perón, lo tituló "Desde el Alma" y...

–No, boludo –interrumpió su hermano–. "Desde el Alma" era un vals, y el poema se llamaba "Pensamientos del Alma", y estaba ahí, enmarcado en un porta retratos de plata.

–Entonces, aquí, por el momento, no nos queda nada por hacer, así que les rogaría que vayamos a la comisaría a iniciar formalmente las actuaciones. ¿Podrá ser?

–Vamos, vamos –dijeron casi a coro los demás, que no veían el momento de salir de la cripta.

–Che, Alberto –dijo el comisario a su segundo–, dejá una consigna. ¡A ver si todavía se afanan lo que quedó!

Capítulo III

Buenos Aires, junio 29 de 1987

El hombre cerró tras de sí la puerta de su oficina, dio la vuelta por detrás a su escritorio y se dejó caer muy suavemente sobre el comodísimo sillón. Una razonable pila de sobres encima del escritorio atrajo su atención. Fue separando esa correspondencia en dos montoncitos: en uno las cartas a su nombre. En el otro la que llegaba a nombre de su jefe –de viaje–. De éstas hubo una, tal vez por lo humilde de su apariencia, tal vez por lo ordinario del sobre, que llamó su atención más que las otras. Mencionaba como remitente a un doctor Guillermo Hermes, con una dirección céntrica. El destinatario, senador Enrique Olegaric Gómez, estaba en su provincia y Lucio Sánchez –siguiendo directivas–, abrió maquinalmente el sobre y comenzó la lectura de la carta.

A medida que iba leyendo sentía como si una gota helada se le deslizara desde la nuca, corriéndose espina dorsal abajo y erizándole el vello de la espalda. No era para menos. Para nada menos.

Leyó la carta una segunda vez. Y más tarde una tercera. Luego salió de tras su escritorio para mirar pensativo a través de la ventana. Afuera el día era una mierda. Abajo, por la avenida Córdoba, el tránsito se veía imposible. Siguió pensando qué hacer.

Entró al despacho del Senador y cerró la puerta con llave. Llevaba en la mano la carta aquélla. Tomó el teléfono con línea directa que el político recomendaba como "la más segura" y marcó el número de la residencia provincial de Gómez.

Un momento después una voz de mujer con cerradísimo acento provinciano lo atendía.

–¿Visitación?, habla el doctor Sánchez. Deme con don Enrique, por favor.

Esperó con la carta en la mano, tratando de tranquilizarse, hasta que lo atendió la voz cascada de su jefe.

–¿Lucio? ¿Qué pasa?

–Mire don Enrique: llegó una carta que creo que debe conocer sin demora.

–No será ninguna boludez, ¿no?

–Se la leo –durante los siguientes minutos Lucio Sánchez, con su dicción pausada y minuciosa, fue leyendo por teléfono el contenido de la carta que acabó con su tranquilidad aquel lunes.

Iba dirigida a Gómez en su carácter de legislador y de prestigioso dirigente partidario, poniendo en su conocimiento que el 10 de junio –la carta estaba fechada el 23 de junio y obliterada el 26– se había violentado la entrada de la bóveda donde se hallaban los restos del ex presidente Juan Perón. La carta –que como prueba de veracidad adjuntaba un trozo de papel desgarrado escrito a mano– decía que se le habían amputado ambas manos al cadáver, las que, junto con el sable del difunto, obraban en poder de los firmantes quienes pedían como rescate por las reliquias ocho millones de dólares estadounidenses.

–¡Es todo una joda! –bramó indignado el Senador–. ¡Es una joda con mala leche! No le des bola, Lucio. ¡Que no se caguen de risa de nosotros!

–Pero don Enrique –porfió Sánchez–, habría que asegurarse. Mire que yo la letra de Isabel la conozco bien, y el pedazo de papel que mandaron estaba escrito con letra de ella, ¡y eso estaba en la bóveda!

–¿Ahí no dicen que le mandaron una carta igual a García? –recapacitó el Senador–. Vos hablá con él sin deschavar mucho la cosa. Si García tiene alguna novedad me llamás enseguida. De todas maneras yo mañana ya voy a estar de vuelta en Buenos Aires. Chau.

–Hasta mañana don Enrique –dijo Sánchez, resignado.

Mientras Lucio Sánchez trataba de mil maneras y siempre infructuosamente establecer comunicación con Marcos García, en una oficina a pocas cuadras de allí un hombre se ponía de pie y se quitaba el voluminoso par de auriculares que cubría sus orejas.

Era una oficina bastante rara. Trabajaban allí cinco hombres en sendos escritorios, pese a lo reducido de la estancia. Se podía oír un zumbido bastante fuerte y bastante molesto. Sin duda era algún sistema de ventilación forzada, ya que la única ventana estaba cerrada, con sus cristales espejados.

Pero lo realmente raro de la oficina estaba en lo que podía verse sobre los escritorios: grabadores grandes, de cinta abierta, varios teléfonos y una maraña de cables intercomunicando todo.

El hombre bajó las mangas de su camisa, abrochó los gemelos, ajustó de memoria su corbata de auténtica seda natural, y tomando un saco de un perchero salió de la oficina. Caminó dos cuadras y entró a un bar. Se sentó sobre un taburete junto al mostrador y pidió un café y una ficha para hablar por teléfono. Cuando se cercioró de que nadie lo había seguido ni era observado —en esto era un experto— acercó el teléfono semi público que estaba sobre el mostrador y llamó.

—Noticiero... Habla Javier —lo atendió una voz.
—Por favor, con la señorita María Rosa.
—¿Quién le va a hablar?
—El ingeniero Mastrángelo.
—Momentito, por favor.
—Habla María Rosa. ¿Quién es?
—Yo, Negra. Soy yo.
—¡Hola! ¿Cómo estás?
—Bien, Negrita. Oíme: andate volando al hall del Canal y me llamás desde un teléfono público al número que vos sabés. ¿Me entendiste?
—Sí. ¿Al bar cerca de tu trabajo?
—Sí. Metele que es algo urgente. ¡Y quema!
—Te llamo en un segundo. Chau. Un beso.

El hombre pidió otro café, esta vez cortado, y dos medialunas saladas para acompañarlo. Cuando terminaba de revolver el cortado sonó el teléfono.

–Don Mastrángelo –llamó el cajero empujando el aparato hacia el aludido–. Es para usted. Una dama.

–Muchas gracias –dijo el hombre tomando el teléfono que le alcanzaban–. Hola.... Sí, soy yo.

–¿Qué pasó? Me asustaste –le llegó la voz de María Rosa a través de la línea.

–Oíme con cuidado. Lo que te cuento tiene menos de una hora de producido; nada más que el tiempo que tardé en desgrabar y elevar el informe de la escucha. No lo sabe nadie.

–Sos un amor. Contame.

–El viejo Gómez recibió hoy una carta donde le piden ocho palos verdes de rescate por el sable y las manos de Perón.

–¿Qué? ¿Las manos?

–Sí. Parece ser que escrucharon la bóveda, le cortaron las manos al cadáver y volaron con manos y sable. Ahora hay un pedido de rescate y parece que le mandaron una carta igual a Marcos García, pero él está afuera y eso no lo pudimos confirmar todavía.

–¿Vos a quién oíste?

–A Lucio Sánchez. Él encontró la carta y enseguida lo llamó al Viejo a la finca para leérsela. Esa conversación es la que yo escuché.

–¿Hay alguna confirmación?

–Por supuesto que todavía no, pero esto no es pescado podrido. Vos sabés que yo nunca te haría meter la pata.

–Ya lo sé, mi amor.

–Vos mandalo tranquila, después vas a ver.

—Bárbaro, muchas gracias, yo lo tiro y después vemos. ¿Me llamás a la noche?
—Te llamo a tu casa. Tengo muchas ganas de verte. Un beso. Chau.

El "ingeniero Mastrángelo" agradeció con su mejor sonrisa la cortesía del teléfono, pagó lo consumido, y dejando como siempre una suculenta propina salió caminando, lento y caviloso.

"¿Quién carajo se habrá mandado semejante moco? —se decía mentalmente—. Si fueran comunes que quieren cobrar un rescate le habrían cortado directamente la cabeza pero, ¿las manos? ¡Qué cosa más rara!"

Al llegar al edificio donde trabajaba llamó por el portero eléctrico, se identificó y entró, empujando la pesada puerta. Mientras esperaba el ascensor pensaba: "Qué tremebundo despelote que se va a armar ahora".

Esa noche, cuando el senador Gómez estaba terminando de cenar en su finca, lo interrumpió el llamado angustioso de una de sus más fieles punteras, que entre mocos y sollozos le contó que por la radio habían dicho que los gorilas se habían robado el cadáver del General y le habían cortado la cabeza y las manos, y que por televisión, también.

—También, ¿qué? —rugió impaciente el Senador.
—También contaron lo mismo.

Gómez agradeció gentilmente el llamado a la compañera, cortó y volvió a la mesa, sintiendo que se le había atragantado la cena.

Capítulo IV

Buenos Aires, junio 30 de 1987

El doctor Marcos García vestía un traje gris de excelente casimir inglés y corte impecable. Se lo veía preocupado desde que recibiera aquella carta "de idéntico tenor" a la recibida por el senador Gómez. Y era precisamente al senador Gómez a quien estaba esperando, de pie detrás de su escritorio.

El viejo caudillo provinciano entró como una tromba al acogedor despacho de Marcos García, llevando abierta en su mano izquierda la ya célebre carta.

–¿Cómo está, Gómez? Le agradezco su visita –saludó el joven dirigente evitando cuidadosamente cualquier título o tratamiento que pudiera dar a su visitante un plano de superioridad.

–Mirá Marquitos –le espetó el Senador, allanando definitivamente el trato–, esto ya está en las radios y en la televisión. Si no está en los diarios de la mañana es porque la noticia les llegó después del cierre. Tenemos que hacer algo, y debe ser orgánicamente.

—Estoy de acuerdo con usted. A mí me están llamando de todos los medios desde las seis de la mañana, y no atendí a nadie, pero...

—¿Qué hay de cierto? ¿Tuviste alguna confirmación?

—Ayer a la tarde familiares del General denunciaron a la policía que el acceso a la bóveda había sido violentado —explicaba García—. Yo ya hablé con el ministro Gargiuli y le dije que íbamos para allá en cuanto usted llegara, así que...

El intempestivo timbrazo del teléfono hizo dar un respingo a los dos dirigentes, interrumpiendo la frase de Marcos García.

—Sí. Por favor, pasámelo —García tapó con la otra mano la bocina del teléfono y dijo muy por lo bajo y mirando a Gómez—: Es Gargiuli.

—Sí, habla el doctor García, señor Ministro... ¿Estamos seguros? ¿Y entonces las cartas?... Sí. Aquí está el senador Gómez con la otra copia. Salimos ya mismo para allá.

—Parece que al enterarse de todo esto Gargiuli le pidió al jefe una averiguación complementaria sobre el estado de todo —siguió explicando García— y ahora me llama para decir que para la Policía Federal, hasta ahora, y a priori de las diligencias y pericias que disponga el juez, no existe evidencia de que hayan podido profanar el cadáver.

—Quiero ver el cadáver del General con mis propios ojos —dijo el Senador—. ¡Que no se caguen de risa de nosotros!

—No sé —dijo García pensativo—. Para eso, para exhumar el cadáver hace falta una orden del juez.

–Y ese juez, ¿quién es? –preguntó Gómez–. ¿Alguien lo conoce?

–Es el doctor Far Suau –informó García–. Juzgado 27.

–¿Qué vamos a hacer con eso de las banderas? –inquirió Gómez–. ¿De dónde van a salir los ocho millones del rescate?

–El General nos dijo siempre que nunca debíamos negociar con terroristas –observó García–. Yo soy partidario de obedecer al General y no hacer caso de la provocación de los terroristas. Que a las manos y al sable las recupere la policía. Negociar con terroristas es ser cómplice.

–Ojo Marquitos, que si al fato lo esclarece la policía de los radicales, los tantos son para ellos, ¿eh?

–Vea doctor, si usted tiene de dónde sacar ocho palos verdes, y los quiere poner, adelante. Si recupera las manos de Perón, todos los peronistas lo miraremos como a un gran benefactor, y los tantos –como usted dice– la policía se los va a llevar igual. Si por el contrario pone la guita y no recupera las manos, va a perder ocho palos verdes y a quedar como un pelotudo. Usted decide.

Momentos después entraban al despacho del ministro Gargiuli.

Este hombre, que todavía no había logrado librarse plenamente del regusto amargo que le dejaran en la boca las travesuras "carapintadas", experimentaba esa sensación de caminar sobre carbones encendidos, tan conocida por algunos políticos, desde que fue anoticiado de la presunta profanación tumularia.

La entrevista fue tensa. Gargiuli, atrincherado tras su escritorio, capeaba como podía la verborrea del viejo Senador.

El Ministro se pasaba lentamente la mano derecha por la calva transpirada sin interrumpir a Gómez en su catarsis y lanzando de tanto en tanto ansiosas miradas a Marcos García, como esperando alguna oportuna interrupción del político. Cuando el Senador pareció haberse desahogado, Gargiuli expuso lo poco que se sabía hasta el momento, enunciando sin mayor convicción las medidas que seguramente conducirían "al pronto esclarecimiento de este deplorable suceso", mientras seguía lanzando con la mirada pedidos de auxilio a un Marcos García para nada interesado en socorrer a un ministro radical.

Cuando la incómoda situación se agotó por sí misma, los tres participantes levantaron campamento y salieron rumbo al Departamento Central de Policía para trasladar el mal rato al jefe de la Federal.

El comisario Linton leía preocupado un informe que estaba sobre su escritorio y que resumía lo exiguo de la información de la que disponía hasta el momento.

Un teléfono empezó a sonar hasta que fue atendido.
–Sí. Por favor que pasen.

Se abrió la puerta del despacho y entró un subcomisario. Dos pasos dentro de la oficina tomó una correcta posición militar, con un discretísimo sonido de tacos, y anunció con voz suave, pero enérgica:
–Señor jefe, los doctores Gómez y García.

El policía dio la vuelta sonriente a su escritorio, yendo al encuentro de sus visitantes. El subcomisario hizo mutis, cerrando tras él la maciza puerta del despacho.

Dentro de la Jefatura las cosas iban sucediendo según lo predecible: el senador Gómez clamaba a viva voz, asperjando en una nube de saliva el escritorio del jefe de Policía. Éste, con su habitual sonrisa comprensiva, lo miraba tratando de transmitirle paz. García, impasible, escuchaba. Y Gargiuli admiraba el cielorraso.

Cuando la retórica del Senador empezó a dar señales de fatiga, Linton sintió que había llegado el momento de tomar la palabra:

—Señores, durante la tarde de hoy la instrucción se constituirá en la Comisaría 29. Allí, el juez Far Suau dispondrá algunas diligencias a cargo nuestro y seguramente se trasladará al lugar de los hechos. Es más que probable que el juez libre una orden de exhumación, y...

—¡Quiero estar presente! —interrumpió el Senador.

—Eso es decisión del juez —alegó Linton, viéndose venir el conflicto entre poderes—. Además hay familiares del General que...

—¡Soy un dirigente del Partido, y soy Senador nacional! —insistió el pater conscripto—. ¡Quiero estar presente!

—Me parece atinado —alegó García— pero todavía no sabemos si el juez va a ordenar la exhumación.

—¡Hay que abrir el cajón y ver en qué estado está el cadáver! —retornó el Senador—. ¡Hay que ver qué hay de cierto en lo que dice la carta sobre las manos!

Un teléfono sobre el escritorio rompió a sonar, con gran sentido de la oportunidad. Linton escuchó atentamente el mensaje, y cubriendo la bocina con su mano dijo dirigiéndose a los tres:

—Me hacen saber que sobre la puerta de la calle Moreno hay una cantidad importante de periodistas de casi todos los medios. ¿Qué desean que haga al respecto?
—¡Voy a atenderlos! –proclamó el Senador inconsultamente–. ¡Los peronistas nunca tuvimos nada que ocultar a la prensa.

—Entonces, sírvanse disponer de la sala de periodistas de esta Casa –ofreció gentilmente el jefe de Policía, sintiendo con alivio que se había sacado a los tres de encima–. Dispongan nomás, por favor.

Así fue como minutos después, en el lugar menos pensado, la prensa tenía acceso a los dichos de dos dirigentes peronistas y además, del Ministro del gobierno radical. Todo en un mismo acto. Nadie podía llamarse insatisfecho.

Capítulo V

Munich, mayo de 1987

Afuera, tras el cristal, se veía la Marienplatz. Era una tarde gloriosa, de aquellas que dieron fama a la primavera bávara.
El hombre de la barbita entró a la Kaffie Haus. Escrutó el salón hasta reconocer en una mesa junto a una ventana, a quien lo había hecho viajar a Munich desde tan lejos.
–¡Tanto tiempo sin verlo! –celebró el hombre que esperaba–. ¡Cada vez más joven, Coronel!
–El que está cada día mejor es usted –dijo el recién llegado, estrechando efusivamente la mano que el otro le ofrecía.
–Tenía miedo de llegar tarde, pero sus reservas estaban tan bien combinadas que pude venir caminando desde el hotel y disfrutar de esta tarde magnífica.
–Usted es siempre puntual. ¡Único sudamericano puntual que yo haya conocido!
–Es que yo soy argentino, no simplemente sudamericano.

—Bueno, bueno... —dijo conciliador el suizo—. ¿Qué va a tomar?

—¿Qué está tomando usted?

—Café y una sensacional grappa muniquesa. Es muy temprano para otra cosa.

—Entonces cumplamos con el horario. Lo acompaño con lo mismo. ¡Vamos a ver esa grappa!

Una vez servido, el argentino miró fijamente a su anfitrión, enarcando sus pobladísimas cejas grises.

—Amigo Reto —le dijo—, aquí me tiene. Lo escucho.

—Esta compleja y rara historia tiene su principio muchos años atrás. En esa época yo era muy joven y usted un niño.

—¿Puedo preguntarle su edad?, ¿o es tan coqueto?

—Soy coqueto —sonrió el suizo— pero no tanto. Tengo sesenta y tres años, y al comienzo de los acontecimientos que quiero relatarle tenía menos de veinte. Pero por favor, déjeme narrar los hechos sin interrumpirme. Después me hace todas las preguntas que quiera. ¿De acuerdo?

—Ya le dije: lo escucho.

—A fines de 1944 eran muy pocos los que creían en el triunfo alemán. En esos tiempos mi padre era presidente de la misma casa bancaria que yo presido ahora, y de la que era entonces un funcionario menor. Hacia diciembre del 44 tuve en un castillo en las afueras de Berlín un encuentro, en nombre de mi padre y de uno de sus clientes, con un mariscal del Ejército Alemán, y como resultado de lo conversado en ese encuentro el militar me encomendó hacer los arreglos necesarios para ingresar a territorio suizo una interesante cantidad de oro en lingotes, en forma absolutamente discreta.

—Perdone, pero voy a interrumpirlo —dijo el argentino—. Necesito más grappa, y creo que usted también.
—Es cierto. ¡Camarero! Espero que no se esté aburriendo, ¿no?
—¡No! Si lo que me ha secado la garganta es la curiosidad.

No bien el camarero se hubo retirado de la mesa luego de alcanzar más café y más grappa, el banquero retomó su relato:
—Estábamos en que el alemán quería entrar a Suiza una cantidad de oro. Yo sabía de la existencia en nuestro banco, el más seguro entre los seguros, de cajas de seguridad con oro del mismo personaje, que tanto mi padre como yo conjeturábamos propiedad del mismísimo Führer. Dos días después —continuaba Reto con su relato— un alemán vino a verme a Zurich de parte de aquel Mariscal. Viajamos de inmediato hasta la frontera suizo alemana, sobre el Bodensee, o Lago Constanza, si prefiere. Allí nos esperaban dos automóviles de apariencia vulgar que llevaban el oro en ocho grandes valijas de cuero negro. Volvimos de inmediato por una carretera que va desde Konstanz, en la orilla alemana, bordeando el lago hasta Kreutzlingen, en Suiza, y de allí a Zurich.
—¡Así me gusta una historia! —comentó el argentino.
—Rápida y discretamente hice colocar esas valijas en dos cajas de seguridad, de las más grandes, en el tercer subsuelo de esa fortaleza disimulada que es nuestro banco. Luego subimos al despacho de mi padre, quien le dio al alemán un recibo de puño y letra, y entonces pude ver que el número de las cuentas no figuraba en ese papel, por lo que imaginé que mi padre ya lo habría

arreglado con el "Jefe" oportunamente. ¿Me sigue? –preguntó el banquero tomándose un respiro.
   –Estoy maravillado –respondió el argentino–. Pero por favor, Reto, siga...
   –Tiempo después recibí un llamado telefónico de aquel Mariscal con quien había tenido el encuentro en Berlín. La guerra había terminado tiempo atrás y este hombre me proponía una reunión en una ciudad que para mí era casi legendaria: Buenos Aires.
   –¿Por qué legendaria? –quiso saber el otro.
   –Mi gran amor era el tango. Durante mi adolescencia soñaba con cambiar la gélida y ordenada monotonía de mi universo posible por Buenos Aires. La imaginaba sórdida, habitada exclusivamente por proxenetas de cara surcada por cicatrices que distraían sus ocios bailando el tango entre duelo y duelo, rodeados de pupilas de mirada lánguida, con polleras muy cortas y piernas muy largas...
   –¿Y los gauchos cuándo entran? –bromeó Menéndez Coghlan.
   –No entran –cortó Reto secamente–. Los gauchos estarían en las pampas montando sus caballos en un ámbito necesariamente rural, y mi sueño se desarrollaba en un ámbito absolutamente urbano. El tango colmaba todas mis aspiraciones.
   –¿Conoció a Gardel? –indagó el argentino.
   –Coronel Menéndez Coghlan: cuando Gardel murió, en 1935, yo era un niño y creo que nunca lo había oído nombrar. Pero más tarde me volví un adicto a su música y a sus películas. Modestia aparte, le diría que mi colección gardeliana es de las más importantes

del mundo. Además, ¿cómo se cree que adquirí este acento canyengue?
—Su relato y usted me tienen cada vez más interesado —dijo Menéndez Coghlan—. ¿Quiere tomar algo diferente o seguimos con la grappa?
—No. Basta de grappa para mí. Le propongo un ápero y después, sí le parece bien, podríamos ir a un restaurant. Conozco algunos muy buenos.
—No imagino qué será su ápero.
—Es una expresión, y una costumbre, muy suiza. Es algo así como un aperitivo.
—¿El ápero es exclusivamente líquido?
—No —respondió riendo Reto—. Una copa de champagne con algunas tostaditas untadas con buen caviar hacen un aceptable ejemplo de ápero. ¿Le gusta?
—Colma todas mis expectativas —aceptó el argentino—. Tengamos entonces nuestro famoso ápero. Me está pareciendo que lo que usted se propone es emborracharme.
—Mmm... "Difícil que el chancho chifle".
—¡Quién le enseñó semejante dicho!
—Gardel, ¿quién si no?
Menéndez Coghlan se quedó rumiando su sorpresa, admirado.
Reto llamó al mozo y con su espantoso acento zurigués pidió caviar iraní con pan tostado y manteca, y una botella de un champagne que alguna vez le había recomendado el mismo Menéndez Coghlan, el Nederburg de elaboración sudafricana.
—Estábamos hablando de Gardel. ¿Es popular en Suiza?

—Bueno, ahora el tango ha vuelto a ponerse de moda pero no creo que muchos sepan allí quién era Gardel. Lo mío nace en otra época y tiene otras motivaciones.
—Por favor Reto, no se detenga —dijo Menéndez Coghlan sirviendo una segunda copa de champagne—. ¿Cuáles fueron esas motivaciones?
—Parece que a los dieciocho años yo era todo un modelo, así que mi padre decidió premiarme con unas vacaciones en París.
—¡Qué premio! ¿No?
—Ya la primer noche pude escaparme del chaperón que me había endosado mi padre y me fui por ahí, solo y con mi francés de escolar. ¡Yo quería beberme todo París en esa noche, y de un sorbo!
—¡Carajo! —murmuró el argentino—. Siga, ¿qué pasó?
—Es hora de comer —cortó el banquero mirando su reloj—. ¿Le parece bien el restaurant de su hotel?
—Ya tuvo que salir el suizo con los horarios —rió Menéndez Coghlan—. Aquí en Munich el baqueano es usted.
—¿Soy qué?
—El baqueano. Entre nosotros es el guía, el que conoce bien el terreno. ¡Y no se haga el que no lo sabe!
—Sígame. No lo voy a defraudar.
Instalados en el elegante restaurant del hotel donde se hospedaba Menéndez Coghlan, éste pudo comprobar la reverencial solicitud con que todo el personal trataba al banquero.
—¿Le gusta?
—Sí. Reúne dos de las condiciones que más valoro en un restaurant: sobriedad y excelente atención —dijo el argentino.

—Sí —aseveró Reto—. Yo siempre me alojo aquí, tenemos nuestra sucursal a cincuenta metros. Es muy cómodo. ¿Qué quiere comer?
—Lo dejo en sus manos. Ya le dije: usted es el baqueano.
—Entonces elegiré por los dos —dijo Reto—. No vaya a quejarse después. ¡Camarero! Lo mejor de este lugar es su cocina. ¡Ya verá!
—Reto, por favor, ¿podemos volver a París, a su primera noche?
—Sí, pero mire que no hay ningún duelo a navaja con apaches ni mucho menos, ¿eh?
—Insisto, siga contando.
—Cuando se acercaba el atardecer me tomé un taxi hasta el Sacré Coeur. La impresión que me causó ver caer el sol sobre París desde allí fue algo imposible de contar. En ese momento, y para siempre, me enamoré de París.
—Es una ciudad maravillosa —dijo Menéndez Coghlan—. ¿Va muy seguido?
—No he vuelto desde 1944, desde que los norteamericanos la invadieron.
—¿No se dice "liberaron"? —preguntó con sorna el argentino.
—No. Yo no —contestó el banquero secamente.
—Disculpe. ¿Seguimos?
—Sí. Perdone. Le iba diciendo del atardecer visto desde el Sacré Coeur. Caminé y caminé por Montmartre hasta que el hambre me hizo meter en un bistrot de ésos tan característicos del barrio, ¿vio? y allí me recomendaron un cabaret vecino. Era un tugurio casi

cinematográfico, con una orquesta que se anunciaba como argentina. Me instalé en una mesa cercana a la pista y pedí una botella de champagne. Estaba aterrado. Me ardían las mejillas, pero esa noche me había propuesto dominar todas mis inseguridades.
 —¿Las tiene? —preguntó Menéndez.
 —Sí —asintió Reto sonriendo—. Por eso le digo que esa noche aprendí a dominarlas. Créame, se puede.
 —¿Sabía bailar el tango?
 —No. Pero me había propuesto echar abajo todo lo que pudiera significar inseguridad. Además, usted perdone, pero yo sabía que si esos semovientes que tomaban hastiados su Pernod colgados del mostrador y mirando de reojo la pista eran bailarines, entonces yo, naturalmente, podría ser mejor bailarín que ellos. Contra la pared del fondo —siguió Reto— había una muchacha que debía ser tan joven como yo. Llevaba la melena corta, según mandaba la moda de esos tiempos, y era rubia desde no hacía mucho. Tenía unos ojos marrones inmensos y, eso sí, muchísimo colorete. Me decidí, y en cuanto nuestras miradas se cruzaron le hice un ademán, invitándola a la mesa. Me miró a través del humo del salón con sus ojos grandotes, asombrados, señalándose interrogativamente a sí misma con un dedo, como quien pregunta "¿a mí?", y ante mi confirmación se acercó sonriendo. ¿Lo aburro Coronel?
 —Ya le he pedido que no me llame así. Además, mi nombre es Martín. Cuando me echaron del Ejército me privaron además del uso del grado.
 —Pero dígame, Martín, ¿lo aburro o no?
 —No. Realmente estoy interesado. Siga por favor.

–Bueno, abreviando le diré que esa noche comencé a vivir una relación maravillosa que me marcó para siempre. Que me dejó una impronta profunda, pese a su brevedad.
 –¿Qué pasó?
 –Que me quedé en París pese al tremendo y justificable berrinche de mi padre, preocupado ante mi posible deserción.
 –¿Tiene hermanos?
 –Sí. Dos. Uno médico y otro arquitecto. Ambos veneraban el dinero pero detestaban trabajar en el banco, así que era razonable que mi padre temiera ver derrumbarse todas sus esperanzas.
 –¿Entonces?
 –Imagínese Menéndez, en ese París ocupado, para mí, naturalmente, era más fácil hacer amigos entre los alemanes que entre los franceses, a los que primariamente por razones de idioma y de aspecto físico, les parecía un invasor más. Lo peor fue para la muchacha. Los comunistas y las prostitutas, muchas de ellas judías fugitivas protegidas por la policía, la catalogaron como colaboracionista y la odiaban apasionadamente.
 –Debe haber sido una época difícil –dijo Menéndez, que no sabía muy bien qué decir.
 –Muy difícil, créame. Mi intención era llevarla a Buenos Aires, donde vivía su padre, un argentino cantor de tangos a quien ella no había llegado a conocer, y quedarnos a vivir allí. Ya se vería de qué.
 –Y su padre, ¿que decía de todo esto?
 –Él no sabía nada de mis proyectos, así que viajé a Zurich a conversar con mi padre de este asunto.

—¿Y qué dijo?

—Protestó, gritó, pataleó hasta que luego de desahogarse y ver lo inconmovible de mi posición, me dijo que la trajese a Zurich y que me casara con ella. Pensábamos tramitarle un pasaporte argentino, ya que su padre era nacido allí, y además el embajador era amigo de mi padre.

—Entonces, todo bien —arriesgó Menéndez.

—No. Todo mal. Ese día me enteré de que los alemanes estaban abandonando París. Traté de volver a Francia de inmediato, pero en esos tiempos eso no era tan fácil, ni siquiera para un banquero suizo. Cuando llegué era tarde.

—¿Qué había sucedido?

—Las mismas mujeres que compartían nuestra mesa cada noche, las que se emborrachaban con mi champagne y se acostaban con los alemanes, quisieron raparle la cabeza por colaboracionista. Ella huyó corriendo y cayó entre las ruedas de un jeep con soldados norteamericanos borrachos. Murió en el acto.

Reto dejó por un breve instante que su mirada se perdiera, como quien recuerda a su pesar algo muy doloroso pero inmediatamente se repuso, recuperando mágicamente su imperturbable expresión de banquero suizo.

—Ya está. Ya pasó —dijo Reto sonriendo nuevamente—. Discúlpeme Martín, pero eran demasiados recuerdos juntos. Discúlpeme...

—Por favor, no se disculpe —lo interrumpió Martín—. Agradezco el honor de su confidencia.

—Gracias —dijo el suizo volviendo a su aire de cordialidad lejana—. ¿Qué quiere de postre?

–Gracias. No como postres. ¿Usted?
–Yo sí. Aquí hay un repostero francés que prepara *Creppes Suzette* de fábula.

Reto atendía a su postre con todos los sentidos puestos en él, como si no hubiera en este mundo nada más digno de su atención. Menéndez Coghlan trataba de adquirir un aire de aquiescencia, de beatitud, que se compadeciera con el de su anfitrión.

"Lo veo y no lo creo –pensaba Martín saboreando con delectación su copa de excelente *Chateau Neuf du Pappe*–. Así que el suizo impenetrable también tenía su corazoncito", se decía, reconviniéndose por su propensión a juzgar superficialmente a las personas.

–Volvamos a mi primer viaje a Buenos Aires –dijo el suizo.

–Debe haber sido un viaje bastante largo, ¿no?

–Largo y cansador. Piense que los aviones no eran tan cómodos ni silenciosos –explicaba Reto–. De Zurich a Dakar, de allí cruzando el mar hasta Recife, en la costa brasileña. Cuando aterrizamos en Morón estaba agotado.

–¿Morón?

–Claro. Todavía no se había construido el aeropuerto de Ezeiza.

–Cierto –recordó el argentino–. ¿Qué le pareció ese Buenos Aires del 45?

–Apenas lo conocí. Estuve menos de una semana y la mayor parte del tiempo trabajando.

–¿Trabajando?

–Sí. Tuve que formalizar la transferencia del oro de aquellas cajas a valijas negras a nombre del nuevo titular, el coronel Juan Domingo Perón.

—Siempre oí rumores, comentarios más o menos subterráneos —dijo el argentino— sobre relaciones entre Perón, los nazis y su oro...

—Bueno. Ahora se está enterando de lo que realmente hay de cierto en todo eso.

—Su relato es lo que se llama apasionante, Reto.

—Durante los últimos tiempos, cuando el fin estuvo a la vista, algunos U-Bootes, perdón, algunos submarinos, zarparon de una base secreta llevando funcionarios civiles y militares —había entre ellos varios científicos— que fueron desembarcados en una estancia en el sur de la provincia de Buenos Aires.

—¿No fue en la Patagonia?

—No, mi amigo, la Patagonia era prácticamente territorio inglés.

—¿Se quedaron en la Argentina?

—Algunos sí. Agentes alemanes con ayuda de Perón habían montado una organización que los ubicaba en lugares donde no llamaran demasiado la atención y les proporcionaba una nueva identidad y documentación. En algunos casos, hasta se les proporcionó trabajo. Muchos se quedaron en la Argentina, otros se fueron al cabo de un tiempo, y otros llegaron más tarde, durante la posguerra, cuando Perón era ya presidente.

—Y el oro de las valijas negras, ¿viajó a la Argentina?

—No —dijo el suizo, clavando su mirada en Martín—. Todavía sigue en las mismas cajas, en mi banco, en Zurich.

Era muy difícil descolocar a Martín Menéndez Coghlan, pero el suizo lo había logrado con largueza. Su cara reflejaba legítimo asombro. Reto lo había ablandado

–cosa para nada fácil– con sus anteriores confidencias, para después largarse con semejante historia.

Menéndez carraspeó, conjurando cualquier vestigio de temblor que su voz hubiera podido mostrar.

–¿Y para qué me cuenta todo esto? –preguntó–. ¿Qué es lo que pretende de mí?

–Elementalmente que prescinda de esas frases tan poco originales, que no empiece ahora a recitar lugares comunes, que siga siendo un tipo discreto y que me deje terminar con mi historia. ¿Puede ser?

"Con qué carajo me irá a salir ahora –pensaba Martín–. De este tipo ya no me asombra nada. Si ahora me dijese que Hitler no está muerto, y que vive en Villa Crespo, le creería. No sé por qué, pero sé que le creería cualquier cosa que me dijera."

–Los años fueron pasando –retomó el suizo–, Perón era presidente, y en ese tiempo tuve con él sólo encuentros esporádicos durante mis viajes a Buenos Aires, siempre representando intereses de mi país que quería hacer negocios con la Argentina. Luego Perón fue derrocado, en la Argentina se sucedían distintos gobiernos sin ningún atisbo de estabilidad, y el oro seguía en el mismo lugar.

–Esa fortuna, ¿nunca fue tocada?

–Nunca. Ni un gramo. Puntualmente cada año yo recibía en mi domicilio particular un cheque por el alquiler de las cajas, hasta que un día me llamó.

–¿Lo llamó quién? ¿Perón?

–Sí. Quería que lo visitara en Madrid. ¿Se imagina usted, Menéndez? –volvía a entusiasmarse el banquero–. Iba a tener una entrevista con uno de los más

grandes políticos que dio este siglo, ¡con uno de los hombres que yo más había admirado en mi vida!
—¡Carajo! —exclamó Menéndez Coghlan con divertida admiración—. Un banquero suizo que me resulta peronista y encima gardeliano... Dígame Reto, ¿no será hincha de Boca usted?
—No sea tan mordaz, amigo Martín. Por otra parte no veo por qué considera a Perón y a Gardel como objetos de devoción excluyentemente argentina.
—No se me enoje —dijo Menéndez conciliador—, lo que sucede es que usted, en cuanto me descuido, me sorprende. Siempre me lo figuré como un liberal icónico.
—¿Vio? Nunca se descuide, ni prejuzgue.
—¿Fue a España a verlo a Perón?
—¡Por supuesto que fui! Perón, además de ser merecedor de mi simpatía personal, era cliente del banco... y usted ya sabe lo que eso implica para un banquero suizo.
—¿Pedimos café y algún cognac? —interrumpió Martín.
—Sí. ¿Martel o Hennessy?
—Hennessy, por favor.
Menéndez buscó la mejor posición en su butaca, preparándose para escuchar a su anfitrión sin perder una palabra.
—Me recibió en su residencia, en Puerta de Hierro. Vivía con su tercera esposa y una escueta servidumbre. Desentonaba allí un funambulesco individuo que nunca supe qué papel desempeñaba en su staff.
Reto interrumpió un momento su relato para concluir su café y paladear un sorbo de cognac.

–Cuando el dueño de casa me recibió, el extraño personaje permaneció con nosotros sin atisbo de retirada, de un modo que me pareció impertinente, al punto que fue necesario que Perón lo despachara con un seco "Lopecito, dejame solo con el ingeniero". Recién entonces se fue, pero me hizo sentir que lo hacía de mala gana.
–No sabía que usted fuese ingeniero.
–¡No lo soy! Perón dijo eso para despistar un poco al tipo.
–¿Quién más sabía quién era usted realmente?
–Nadie, al menos así lo creía Perón porque me lo aseguró. Al volver a verlo creí, por un segundo, haber retrocedido en el tiempo. Perón estaba prácticamente igual a cuando lo conocí, arrugas más o menos. Seguía siendo "Gardel". El mismo peinado, la misma sonrisa y, por supuesto, el mismo carisma. Lo único que noté cambiado fue su mirada.
–¿Como envejecido por dentro? –aventuró Martín.
–No. Era otra cosa. Cuando lo conocí, su mirada rebosaba ambición y picardía. Ahora, rebosaba grandeza. Creo que sabía cercana su muerte y había decidido trascender en el tiempo. Pensaba en cambiar la vida de su pueblo. Creo que quería alcanzar la Eternidad. ¡Y no me diga que soy cursi!
–¡Yo no dije nada! ¿Perón quería de veras volver?
–Claro que sí. Quería volver y ser elegido presidente por tercera vez, lo cual según creo, no tenía antecedentes en la historia de su país.
A Menéndez Coghlan no le cerraba la cosa. Conocía a Reto a través de un par de negocios, ninguno de

ellos muy santo, que el suizo le había encargado, pero no se trataba de una relación tan cercana como para propiciar semejantes confidencias. Por otra parte estaba seguro de que Reto podría ser cualquier cosa, pero jamás un fabulador ni un delirante.

–Como usted bien supondrá, mi querido Martín –continuó Reto–, ni yo lo hice venir hasta aquí para contarle que conocí a Perón, ni Perón me hizo viajar a España para charlar exclusivamente de política y de filosofía.

–Me imagino, pero cuénteme cómo era un *tête à tête* con Perón.

–Contrariamente a lo que pudiera pensarse con ligereza, Perón no tenía ese pensamiento encapsulado en un área necesariamente circular, consecuente con su formación castrense. Tenía un intelecto abierto y notablemente abarcativo, lo que sumado a su cultura –vasta– y a ese punzante sentido del humor, lo convertían en un interlocutor incomparable.

–Era un gran conversador, ¿no?

–Sí. Me hacía sentir como si la conversación que en ese momento estábamos sosteniendo fuera la única trascendente de su vida. Pero vamos a lo nuestro –interrumpió Reto–. Pidamos más café y más cognac. Creo haberlo cargoseado bastante y no tengo derecho.

–Ni lo diga. Usted sabe que no es así. ¿Perón creía que Lanusse le iba a colocar así como así la banda?

–No. Él ya sabía que tanto políticos como militares apelarían a cualquier recurso para impedir su tercera presidencia. Pensaba recurrir a algún figurón que fuera electo con su anuencia y después le cediera mansamente el sillón, pero sabía que las campañas políticas, hasta para él, devoran grandes sumas de dinero.

–¿No tenía quien le financiara su campaña?

–Sí, pero prefería no confiar en medias palabras ni contraer compromisos que condicionaran su accionar, así que quería asegurarse de la suerte de aquellas valijas. Piense que él jamás había visto ese oro con sus propios ojos.

–¿Entonces?

–Nos preocupaba lo poco confiable de su entorno. Temíamos que alguna infidencia pudiera tentar a alguien teniendo en cuenta la magnitud de la suma, y le propuse entonces que colocáramos el oro al recaudo de los modernos sistemas, registrando sus huellas dactilares, lo que aseguraba que nadie pudiera tener acceso a las cajas de seguridad a excepción de su titular y a través del cotejo de sus huellas. Sin registrar firma alguna.

–¿A él qué le pareció?

–Al principio no le gustó nada. Le desagradaba profundamente la idea de estampar sus huellas digitales en una ficha "como un vulgar punguista" según palabras textuales.

–¿Y eso para qué?

–Porque en ese tiempo no disponíamos todavía de dispositivos electrónicos que permitieran leer y almacenar en una base de datos un juego de huellas dactilares, así que debía hacerse por los medios convencionales. Esto daba absoluta seguridad al depósito, ya que en la ficha sólo había un número de seis dígitos que identificaba la cuenta y las huellas del titular.

–¿Y si el titular se moría?

—Lo depositado permanecería indefinidamente en la caja, salvo orden judicial de apertura, lo que no es algo fácil ni frecuente... Hay varias cajas en esa situación desde hace años en nuestro banco.

Menéndez tragó saliva antes de preguntar:

—¿Y al final qué pasó?

—Aceptó. Con absoluta reserva y rapidez, en un veloz avión de propiedad del banco fuimos y volvimos en el mismo día. Perón vio por primera vez el oro, y al registrar sus huellas en el sistema garantizó su total seguridad. Nadie, y menos aún la gente de su entorno supo jamás de este viaje.

—Me suena como de ciencia ficción...

—Sí. ¿Le interesarían cinco millones?

—¿De dólares? —preguntó haciendo tiempo para pensar. El suizo lo había descolocado nuevamente y eso lo enfurecía consigo mismo.

—Sí. ¿Le interesarían? —insistió el suizo, zumbón.

—¿A cambio de qué?

—De las manos de Perón.

—¿Qué?

—Lo que oyó. ¿O pregunta zonceras para ganar tiempo?

"Que tipo tan hijo de puta —pensaba Martín—. Me tiene tomado el tiempo desde hace rato."

—¿Para qué quiere eso?

—¿Para qué cree usted que puedo quererlas?

—¿Para apoderarse del oro?

—¡Brujo! ¿Cómo se dio cuenta? —dijo el suizo, tomándole francamente el pelo.

—Reto, usted es un hijo de puta.

–Repito: ¡brujo! ¿Cómo se dio cuenta? –se burló Reto riendo y repantigándose satisfecho en su sillón–. Es la primera vez que me insulta alguien a quien acabo de ofrecer cinco millones de dólares.

Menéndez Coghlan también empezó a reírse a carcajadas, disipando algo de la tensión que lo envaraba. Su risa fue parando. La tensión había dejado lugar otra vez a su aplomo, pero seguía sin entender la cosa.

–Pero, ¿para qué necesita las manos? Es "su" banco.

–Porque soy el presidente, no el patrón, porque es un banco y no una estancia, y finalmente, porque está en Suiza y no en una ignota isla caribeña. ¿Comprende ahora? ¿*Capisce*?

–Dígame lo que quiera. De todos modos usted no impresiona como uno de esos plutófilos patológicos. ¿Para qué quiere armar semejante despelote? ¿Para elevar hasta altísimos niveles su secreción de adrenalina?

–¡Eso mismo! –saltó Reto–. Hace mucho tiempo que no vivo dentro de un "despelote", como usted lo llama, y hace también mucho tiempo que mis suprarrenales no hacen nada más allá de los adecuados parámetros fisiológicos.

–Reto, me está pidiendo una barbaridad.

–Martín, lo que le estoy ofreciendo también es "una barbaridad".

–Me está pidiendo que mutile un cadáver.

–Nada más allá de lo realizado en nombre de la ciencia por varios famosos arqueólogos, con el atenuante de que no cometeremos ninguna irreverencia ni escarnio, y tampoco dejaremos ningún cadáver insepulto ni para ser exhibido como curiosidad.

—Reto, ¿Qué va a hacer con tanta plata?
—Le voy a contar. Últimamente el Estado de Israel ha vuelto a insistir con una teoría según la cual existirían en Suiza, en cuentas mostrencas en apariencia, fabulosas cantidades de oro expoliado a judíos muertos en el Holocausto.
—No veo adónde quiere ir a parar.
—Existen sustantivos rumores de que Suiza proyectaría un régimen indemnizatorio para las víctimas del nazismo o su derecho habientes, y como yo conozco perfectamente el origen de ese oro, sé positivamente que no tuvo ninguna relación con el Holocausto.
—¿Seguro? —preguntó Menéndez con sarcasmo.
—Sí. Segurísimo —dijo enfáticamente Reto—. No voy a contárselo ahora, pero conozco bien el origen de cada lingote, y quiero apropiármelo antes de que lo hagan otros.
—Usted sabe que yo creo en todo lo que me cuenta. Además eso no es problema mío.
—¡Así me gusta! —dijo Reto con satisfacción—. Esta charla está volviendo a transitar por sendas de cordura.
—Eso de "cordura" lo discutimos otro día. ¿Sí?
—Como quiera. Pero por un momento tuve miedo de que no aceptara.
—¿Quién le dijo que acepté?
—Su mirada. Le brillan los ojitos como a un niño sin hambre que está por entrar a un gallinero ajeno.
—¡Otra que gallinero! ¿Usted calculó lo que puede suceder si algo sale mal?
—Menéndez, no se olvide de que soy un banquero suizo. Nunca, pero nunca subestime mi capacidad de cálculo.

Las manos de Perón

—Está bien. Suponga que acepto...
—No. Nunca supongo —cortó el suizo con brusquedad—. Dígame sí o no.
—Sí, acepto. ¿Qué hay que hacer?
—Si usted no lo sabe, quiere decir que me equivoqué de hombre.
—No se me enoje, carajo, no se me enoje.
—Yo no me enojo, pero usted no se haga... ¿Cómo es que dicen ustedes? ¡El boludo!
—Pero usted debe tener algo planeado.
—Sí. Todo. Pero a partir del momento en que estemos en posesión de las manos. Hasta ese momento todo correrá por su cuenta. Mi único problema es el tiempo.
—¿Cuál es el límite?
—La segunda semana de junio. No quiero nada apresurado, pero después de esa fecha todo debe estar terminado. ¡Camarero! —el banquero hizo una pausa para ordenar otra botella de champagne sudafricano.
—¿Cuál será el brindis, esta vez? —preguntó divertido Martín.
—Por el oro, por supuesto —dijo el banquero levantando su copa y acercándola a la de su invitado—. ¡Salud!
—¡Salud! ¡Por el oro!

Capítulo VI

Buenos Aires, mayo 24 de 1987

El hombre entró al Plaza por la puerta de San Martín. Se dirigió al Grill. Allí, otro hombre de barbita gris tipo candado, se puso de pie al verlo entrar. Le sonrió, indicando con un ademán el taburete contiguo al suyo.

–¿Cómo le va, mi viejo amigo? –saludó tendiendo la mano al recién llegado–. ¿Me acompaña con una copa?

–Sí, muchas gracias.

Ambos tomaron champagne charlando sobre intrascendencias y bueyes extraviados por ahí, con un olímpico desprecio por el transcurso del tiempo.

Después de concluida una segunda copa salieron del Grill, continuando la charla mientras caminaban por la vereda de Plaza San Martín hacia Retiro.

–Vea señor, yo disfruté del champagne y disfruto enormemente de la charla –dijo el que llegara en segundo término, bastante más joven que su canoso compañero–, pero no creo que lo conversado hasta ahora haya sido el real motivo de su llamado. ¿Me equivoco?

–¡Por supuesto que no! Pero no sea tan ansioso. ¿Todavía tiene hombres confiables que sigan sus órdenes?
–Sigo rodeado de hombres confiables. Unos para unas cosas, y otros para otras, pero siempre confiables. Eso sí, –agregó– ya no les doy más órdenes. Les hago indicaciones dentro del marco propio de una relación laboral.
–Entiendo. Vea Raúl, quiero encomendarle una tarea que no entraña en sí gran riesgo personal y va a ser muy, pero muy bien remunerada.
–¡Un momento señor! –interrumpió Raúl con alguna brusquedad–. Para llevar a cabo esa tarea, ¿se debe atentar contra la vida de alguien? Porque de ser así, respetuosamente le solicito, señor, que no me cuente nada. Al volver de las Islas, hice un juramento y...
–¡No! ¡Líbreme Dios de algo así! Créame que ni se lo insinuaría conociendo como conozco su proverbial respeto por la vida y los derechos humanos –aseguró con sarcasmo el hombre de la barbita.
–Casi puedo notar un dejo de ironía en sus palabras, señor.
–No... ideas suyas nomás. No –dijo volviendo a la anterior seriedad–, pretendo que en lo que voy a encomendarle, la escasa violencia necesaria sea ejercida exclusivamente sobre cosas y no sobre seres vivos. En realidad, ahí donde pretendo que vaya es muy difícil que encuentre a nadie vivo, así que no va a necesitar matar a nadie.
–Escucho, pero respetuosamente le repito, señor, que si algo no me gusta, lo interrumpo y seguimos tan amigos como antes –previno el otro.

En ese momento pasaban frente al cenotafio. Ambos se persignaron inclinando la cabeza, con unción.
—En el cementerio de la Chacarita está la bóveda de la familia Perón. Dentro, en un nicho blindado, está el cadáver de Juan Perón. Necesito que entre a la bóveda, abra el cajón, ampute ambas manos al cadáver, deje todo en orden y me entregue las dos manos. Es todo —concluyó.
—¿Es todo? ¡Pero señor! ¡Eso es una salvajada, y además, un sacrilegio!
—Comprendo sus reservas y su repugnancia. Le ofrezco un millón de dólares.
—Señor, lo que me pide es un sacrilegio.
—Sí. Y lo que le ofrezco es un montón de guita... ¿A usted la guita no le hace falta? Tengo entendido que tanto usted como su compinche, ese loquito lindo de Carlos, desde que volvieron de África, donde no los caparon por milagro, andan más secos que culo de perro...
—Me interesa, cuénteme.
—Ya le conté todo. Yo voy a limitarme a contactarlo con un tipo que trabaja en el cementerio como sereno. Es un alcohólico medio chiflado que cuenta que anduvo con el petiso Queraltó en la Alianza. Dice ser nacionalista, pero yo mucho no le creo. El resto de la inteligencia y la logística estará a cargo de ustedes.
—¿Qué ustedes?
—Usted y esos hombres confiables que ya no cumplen sus órdenes, sino que siguen sus indicaciones en el marco propio de una simple relación laboral.
—Con usted es imposible hablar en serio, señor, es como con mi socio.

—Por favor, ¿se cree que le estuve hablando en joda?
—No. Lamentablemente sé que iba en serio. ¿Cuál es el plazo?
—Breve. Piense que esta idea surgió el domingo después de un almuerzo. Ayer lunes lo convoqué a usted y hoy martes nos hemos reunido. Si Dios quiere, el viernes volveremos a encontrarnos –misma hora y lugar– y si decide seguir adelante, le voy a adelantar la plata que haga falta y nos pondremos también de acuerdo en cuanto a honorarios y plazos.
—¿Y si arrugo?
—Cobrará sus honorarios por la consulta, como corresponde a toda relación civilizada entre caballeros.

Habían llegado frente al monumento al general San Martín. Allí se despidieron con un cordial apretón de manos y se fueron en direcciones opuestas. El más joven siguió caminando despacio por Santa Fe. Ya anochecía temprano y estaba fresco, casi frío. Entró a un locutorio y ocupó una cabina.

—Por favor, con Carlos –dijo a la voz de mujer que lo atendió–. Habla el socio.

—¿Carlos? Necesito hablar con vos ahora... Sí, de laburo... ¡Te digo que tiene que ser ahora, carajo! Pasá a buscarme en una hora por Riobamba y Santa Fe... ¿Eh?.... ¿Qué?... ¡No, no la traigás! Decile que te espere, que volvés en un rato... ¿Decime, vos no pensás en nada que no sean las minas y la joda? ¡Parece mentira, carajo!

Siguió caminando por Santa Fe con aire caviloso. A las pocas cuadras entró a una confitería. Sentado junto a una gran ventana que le permitía ver la calle pidió un café y se acomodó en su butaca disponiéndose a hacer tiempo hasta la hora de encontrar a Carlos.

Pensaba en lo que aquel hombre le había propuesto momentos antes. Lo preocupaban las indudables implicancias que el asunto aparejaría, y no alcanzaba a explicarse el porqué del encargo, lo que lo irritaba mucho más de lo que pudiera suponerse en un hombre de su formación.

Una tras otra pasaban por su cabeza distintas hipótesis, de inmediato descartadas. "¿Para qué mierda quiere este hijo de puta las manos del cadáver?", pensaba.

Por otra parte, él era un católico practicante y como tal le repugnaba enormemente la comisión del sacrilegio encomendado, pero idéntica repugnancia ante el sacrilegio era pensable en Menéndez Coghlan, quien le había hecho el encargo. Obviamente se trataba del encargo de un tercero.

"Pero, ¿para qué? ¿Quién podría sacar algún rédito –de cualquier índole que éste fuera– del par de manos de Perón muerto?"

En fin... generalmente dos cabezas piensan más que una, así que discutir el tema con Carlos tal vez arrojara más luz sobre el misterio.

Una ojeada al reloj le dijo que era hora de encontrarse con su amigo. Siempre metido en los mismos pensamientos caminó hasta la esquina de Riobamba. Un automóvil se aproximó lentamente y luego de asegurarse con una breve mirada, entró y se sentó junto al conductor.

–Raúl... Hermano –saludó Carlos estrechándole la mano.

–Dale despacito –dijo el otro–. Tengo que contarte algo.

Lentamente Carlos se encaminó por Santa Fe. Quien pudiera verlos, no pensaría sino que eran un par de amigos de levante por la avenida.

–Contame Raúl –quiso saber Carlos preocupado–. ¿Es otro fragote?

–No, no –se rió Raúl tranquilizando a su amigo–. Es algo mucho más jodido, pero mucho más serio.

–¿Qué pasa?

–Mirá Carlitos –prosiguió Raúl– esto es todo muy raro. Quiero saber tu opinión, sin ningún compromiso, salvo tu palabra de guardar silencio sobre lo que voy a decirte.

–Tenés mi palabra. ¿Qué carajo está pasando?

–Ayer me llamó uno que era Coronel, que estuvo en Sudáfrica. ¿Te acordás?

–Sí. Martín Menéndez Coghlan. ¡Cómo no voy a acordarme de semejante personaje! ¿En qué anda?

–Me encontré con él en el Grill del Plaza hace unas horas. Me pagó un par de copas de mísero champagne nacional y me propuso el mayor disparate que yo haya oído jamás.

–¿Volvemos a las Islas?

–No boludo, dejame contarte...

–Ya sé, hay que chuparlo a Alfonsín, ¿no?

–No carajo... ¿Me dejás hablar o no?

–Está bien, te escucho.

Cuando cruzaban Esmeralda Carlos encendió la luz de giro, disponiéndose a entrar al estacionamiento del Círculo Militar.

–¡Aquí no! –atajó Raúl–. Tomá Charcas y vamos para el lado de Recoleta.

—Te noto un tanto paranoico. ¿Puede ser?
—Puede ser. Cuando me dejes contarte este fato vas a entender que si estoy paranoico, como vos decís, es con causa.
—Bueno, te estabas quejando del champagne del Plaza, ¿y?
—Este tipo quiere que le cortemos las manos al cadáver de Perón y se las demos a él.
—Ah... ¿Y por eso vamos a la Recoleta? ¿Perón no está en Chacarita?
—No jodas. El tipo hablaba en serio, y parece haber muy buena guita.
—Con el amigo Menéndez No Sé Cuánto siempre hubo buena guita, pero... ¿Vos pensaste el bruto quilombo que se va a armar? ¿Pensaste lo que nos van a hacer si nos chapan? Mirá que lo que nos van a cortar no van a ser las manos precisamente, ¿sabés?
—Y vos, ¿pensaste para qué las quiere? ¿Pensaste qué mierda podrá hacer con esas manos?
—No. Yo no pienso. Vos sos el jefe del operativo.
—¿Qué operativo?
—El "Operativo Veinticinco".
—¿Y por qué "veinticinco"?
—Porque son las cero horas tres minutos. Ya es 25 de Mayo... ¡Viva la Patria!
Raúl meneaba la cabeza, como reprobando, pero sonrió, y al fin gritó:
—¡Viva! —contagiado de la euforia del otro.
Carlos enfiló por la rampa del flamante estacionamiento subterráneo. Señaló con el índice hacia arriba preguntando:

—¿La Biela?
—La Biela —aceptó Raúl.
Momentos después se instalaban en una mesa interior de La Biela. Uno de los últimos mozos gallegos de Buenos Aires se acercó diligente.
—Champagne. Barón B, che, que es para brindar por la Patria, y para brindar por la Patria, tomar champagne berreta es falta grave. ¡Ojo!
El mozo, que ya lo conocía, se rió, y marchó a buscar el pedido.
—Parece que andás dulce, ¿no? —comentó Raúl divertido.
—En este momento, precisamente, no, pero con la que nos va a tirar tu amigo Menéndez Villa Urquiza...
—Menéndez Coghlan —corrigió Raúl.
—Bueno... Coghlan, Villa Urquiza, ¿quedan cerca, no?
—Por la Patria —lo cortó Raúl levantando la copa—. ¡Salud!
—¡Por la Patria! —respondió Carlos chocando las copas—. ¡Por las man...!
—¡Callate hereje! —lo atajó a tiempo Raúl—. ¡Ya ibas a decir un disparate!
Carlos dejó su copa vacía sobre la mesa. Miró divertido a Raúl con expresión de chico travieso. Era evidente que el tipo se sentía otra vez en su salsa.
—Hay que llamar a Villafañe y a Garrido, si no disponés lo contrario.
—¿Para qué?
—Villafañe te debe la vida. Se hace matar por vos, además piensa, tiene capacidad de decisión, y... —Carlos miró por encima del hombro, con descaro, a una

señorita que, rumbo al toilette, pasó casi rozando la mesa– y Garrido es un lujo manejando, además de ser el único sumbo que conoce Buenos Aires.
–¡Qué gorilón de mierda! –interrumpió Raúl disgustado–. ¡Ninguno de mis hombres me debe nada!, y no son "sumbos", sino suboficiales. Mirá Carlitos, esto tiene que ser algo absolutamente profesional.
–No me jodas, Raúl, vos, más que nadie, sabés que soy, por encima de cualquier otra cosa, un verdadero profesional.
–Sí, ya lo sé. Pero esto no es Angola ni es Mozambique, ni voy a conseguir otro embajador que se la juegue para despegarte con el hilo en una pata –dijo Raúl, mostrando otra vez esa dureza de mirada que lo había hecho tan respetado, o temido, por sus hombres–. Así que no quiero más muestras de *esprit*, *animus jocandi*, o como carajo quieras llamar a tus pendejadas. ¿Estamos en claro?

Capítulo VII

Dos días después, bien temprano en la mañana, Raúl y Carlos, bien abrigados, como la temperatura exigía, entraban por el portón principal al cementerio de la Chacarita.

Dando vueltas, como quien no sabe bien para dónde va, pasaron un par de veces frente a la bóveda de los Perón. A nadie podía llamar la atención la presencia de dos caballeros momentáneamente detenidos frente al panteón, leyendo con interés las numerosas placas que cubrían gran parte del frente.

No podía verse el interior. La imponente puerta forrada de bronce, que sabían blindada, al igual que el resto del monumento, carecía de cristales y no existían los *vitraux* tan frecuentes en la arquitectura funeraria.

Solamente una claraboya piramidal, de vidrio, con armazón de hierro, ubicada sobre el techo, permitía la entrada de algo de luz y poco aire al interior del túmulo.

Luego de memorizar la ubicación de los postes de alumbrado más próximos, así como la situación y medida de las canillas, porque iban a necesitar agua, mucha agua, siguieron su marcha entre las bóvedas. Muy cerca de allí, en otro panteón, con su frente también cubierto con profusión de placas de bronce, había un cuidador que las bruñía con algún limpia metales. A su lado había una escalerita de caño de hierro, que el hombre utilizaría para alcanzar los bronces más altos.

Al dar la vuelta vieron, sentados en sendos banquitos de madera y mimbre, a dos cuidadores tomando mate a la entrada de algo así como una casilla, que indudablemente era el lugar donde guardaban sus enseres de labor. La puerta casi del todo abierta, con un gran candado pendiendo del herraje de cierre, dejaba ver que en el interior había escobas, baldes y algunos rollos de manguera.

–Seguro que ahí es donde guardan la escalerita –dijo Raúl unos pasos más allá–. ¿Viste el candado?

–Sí. Por supuesto –le contestó Carlos.

–¿Vas a poder abrirlo?

–Seguro. Cuanto más grande, más fácil. La llave es del tipo Yale. Además esa casilla está bastante a cubierto de cualquier mirada indiscreta.

–Claro, ¡por eso esos tipos estaban ahí tranquilamente, tomando mate!

–¿Y quién pensás que nos podrá ver, si va a ser de noche?

–¡No empecés a joder con tus herejías! –cortó Raúl–. Si no te queda nada por ver, vamos para la salida.

–Excelente. Dicen que la permanencia en estos lugares produce acostumbramiento. ¿Sabías?

Un rato más tarde llegaban al departamento de Raúl, en el barrio de Belgrano.

Mientras el dueño de casa calentaba una pava con agua, Carlos, sentado en un banquito, hojeaba el diario. Cuando el agua estuvo a punto Raúl comenzó a verterla en un termo.

–¿Viste, che? Acá dice que reincorporarán a todos los militares que rajaron por "carapintadas".

–¡A ver! ¿Dónde? –saltó Raúl, sorprendido y muy interesado.

–¡Acá! –le contestó Carlos muerto de risa, tomándose la entrepierna con ambas manos.

Raúl lo miró, furioso consigo mismo por haber caído otra vez en una broma de aquel irredimible tarambana.

–¡Vení, pedazo de pelotudo, vamos al escritorio!

Sin parar de reírse, Carlos lo siguió por el departamento, increíblemente prolijo para ser morada de un divorciado.

–Tomá, serví para algo –dijo Raúl dándole el termo, todavía furioso por la chuscada del otro–. Cebá mate al menos, ¡pe-lo-tu-do!

Carlos comenzó a preparar el mate mientras Raúl sacaba de un cajón del escritorio una carpeta y de su interior, un plano de la bóveda de la familia Perón y otro del cementerio.

Permanecieron en silencio un rato largo, estudiando el plano de la Chacarita que Raúl había desplegado sobre el escritorio. El mate iba pasando de uno a otro sin que se oyera ninguna voz.

–¿Cuáles serían las vías de acceso al objetivo? –preguntó Carlos rompiendo el silencio. Era notable la celeridad con que el bromista dejaba paso al profesional serio y compenetrado.

—Tendremos la llave de esta puerta, ¿ves?, la que está pegada al portón de Jorge Newbery —respondió Raúl, señalando el sitio con un lápiz—. Es un lugar muy oscuro y arbolado, además de tener poco tránsito durante la noche.

—Una vez adentro habría que seguir por aquí, ¿ves? —indicaba Carlos, siguiendo con otro lápiz la línea del paredón, hacia la avenida Guzmán—. Se alarga bastante el trecho, pero no tenemos que cruzar todo el sector de las sepulturas en tierra, donde estaríamos expuestos todo el trayecto.

—Tenés razón. Vamos pegados al paredón hasta que empiece el sector de las bóvedas, que está mucho más a cubierto —aceptaba Raúl—. De ahí hasta llegar al objetivo, prácticamente no estaremos expuestos.

—La idea sería entrar por el tragaluz, ¿no?

—Sí. Y creo que la escalerita aquella que le vimos al cuidador nos vendría al pelo, sobre todo al momento de salir. Hay que acordarse que la lumbrera ésa está en el centro del techo.

—Claro —siguió Raúl—. Y de la casilla ésa también podemos sacar un par de baldes y una manguera.

—Habría que llevar una de esas piletitas de natación para chicos.

—¡Eso! De esas de plástico, que son inflables... ¡Muy buena idea, Carlitos!

Habían dejado un block anotador a un costado del escritorio donde iban tomando nota de los elementos que debían comprar.

—Anotá las mechas de Widia —indicó Raúl—. Tendríamos que llevar unas cuantas, por las dudas.

–¿Cuántas ponemos? ¿Cuatro, cinco?
–Mejor ponele diez. Ese cristal debe ser duro...
–Sí. más vale que "zozobre" y no que "fafalte", ¿eh?
–¡Qué gorilón de mierda! No te perdés una. ¿Y el taladro?
–Ya está anotado. Hay que calcular los cables y dárselos al Mencho para que los arme.
–Ojo, que los cables tienen que ser bastante polenta –agregó Raúl–. No te olvides que tienen que aguantar las dos turbinitas para el aire.
–Pongamos cables de seis milímetros, pero los que me preocupan son los otros, los del alumbrado. En fin, espero que no dejemos a todo el barrio a oscuras.
–Vos no hablés Carlitos, que sos bastante mufa. ¿Te acordaste de las peras?
–Sí. Y ya las compré anoche en una casa de ortopedia del centro. Son de las más grandes, entra un litro de agua en cada una –replicó Carlos mirando su reloj–. ¡Che!, vamos a comprar los tubos que se va a hacer tarde.
–Sí. Vamos yendo. Supongo que el Mencho y el Payo ya tendrán listo el tema de la camioneta.
–Seguro. ¡Éstos son sumbos responsables! –aseveró Carlos.
–¡Pero... me cago en la recalcadísima concha de tu hermana! –saltó Raúl indignado–. ¡Son suboficiales, no sumbos! ¡Gorilón de mierda!
–Quisiera, respetuosamente, hacerte saber que como hermana yo no tengo... con tu cu...
–¡Basta carajo! –bramó Raúl, parándose frente a Carlos y mirándolo a los ojos con fijeza–. ¿Vos querés volverme loco?

—¿Yo? ¡Dios no permita algo así!
—Por favor, Carlitos, no jodas más. Mirá, todo este fato me tiene a mal traer. Dame una semana de paz y te juro que después te aguanto todas las boludeces. ¿Podrá ser algo así?
—Ufa, ¡qué tipo chinchudo! Está bien, no te jodo más.
—¿Me das tu palabra?
—Mmm, no...
—Andá al carajo. ¡No te doy más bola!
—Bueno, así por las buenas me gusta más.

Y así, peleándose como lo habían hecho desde que iban al Liceo, se detuvieron frente a una importante ferretería industrial a hacer las compras necesarias para el operativo.

Raúl, con todas las cosas adquiridas metidas en el baúl del coche, manejaba por Córdoba hacia el Norte. Al cruzar la 9 de Julio lo sorprendió el pedido de Carlos:

—Raulito, ¿me tirás por Juncal y Riobamba?
—¡No me digas que te vas a tu casa a esta hora! ¿O es que te andás culeando a alguna vecina?
—No —repuso Carlos poniendo cara de perro que volteó la olla—. Yo pensaba invitarte a tomar una copa, pero para que me sigas retando, creo que es mejor quedarme solo, ¿sabés?
—¡Pero qué tipo tan hijo de puta! Te pasaste todo el día volviéndome loco, y ahora, encima, te hacés la víctima. Mirá: si me prometés no verduguearme te invito con una copa en La Biela, y después nos vamos a comer al Ligure. ¿De acuerdo?

—Me gusta. Voy a portarme bien. Decime, ¿quién paga, Menéndez Coghlan? ¿O tal vez la Operación Dignidad?

—Paga Menéndez Coghlan, o mejor dicho, paga el que banca la cosa, que no sé quién podrá ser, ni me interesa. De eso otro que dijiste, esa Operación Dignidad, ni me imagino de lo que pueda tratarse.

Riéndose a carcajadas llegaron a La Biela, justo a tiempo para ocupar una mesa contra la ventana.

—Che, decime una cosa, que te quiero preguntar ahora, para que no empieces a joder con que saco el tema para arruinarte la comida.

—Ya sé —atajó Raúl—. Vos estás preocupado por el hecho de que el cuerpo esté en descomposición. ¿No es cierto?

—Exacto. ¡Qué cagadón que sería!

—Te cuento lo que yo sé, que no es mucho —explicaba Raúl—. Al fallecer el General, López Rega empezó a joder con la intención de convertir el velatorio en un circo descomunal, y no lo dejaron. Además, parece que en los últimos momentos, el General habría hecho saber a sus allegados que no quería ser embalsamado.

—¿Y ahora?

—Pero por otra parte —siguió diciendo Raúl— la idea de un velorio breve y un sepelio inmediato, negando al pueblo una última visita a su líder, no parecía factible, así que trajeron, creo que de los Estados Unidos, a un embalsamador para que acondicionara el cuerpo según suelen hacer por allá.

—¿Es lo mismo que le hicieron a la Eva? ¿El mismo tipo?

Adrián del Busto

—No. El cadáver de la señora Eva Perón fue embalsamado por el doctor Pedro Ara mediante un proceso que yo desconozco absolutamente, pero que le llevó varios meses de trabajo. Al General, creo, le hicieron un tratamiento, por así llamarlo, que es frecuente en Norteamérica, donde se suele embalsamar y maquillar a los muertos para que no sea tan chocante para los deudos. ¿Entendés?

—Mirá, si vos me mostrás metido en un cajón a un tipo todo peinadito, engominado y con los labios y los cachetes pintados, me va a resultar mucho más chocante que verlo con su lógica cara de muerto.

—Fenómeno. Entonces quedate tranquilo, porque a vos no creo que nadie se caliente en embalsamarte, ¡y menos aún en maquillarte!

—¿Viste? Ahora decime: ¿quién está verdugueando a quién?

—Está bien. Te prometo que yo personalmente me voy a ocupar de que te embalsamen bien, ¡y de que te cuelguen de una madera lustrada! ¿Te gusta?

—Sí, sí. Ahora me siento más tranquilo —contestó Carlos.

—¡Qué cosa terrible, carajo! Con vos es imposible hablar en serio ni siquiera de un tema como éste.

—Bueno, seguí explicando. ¿O no sabés un carajo?

—Mirá Carlos, yo me limito a repetirte lo que una vez me contaron. Si es cierto, o no, no sé. Además, ya te vas a enterar.

—¿Entonces?

—Entonces, al cadáver se le retiran todas las vísceras, que se reemplazan con un producto que no se descompone embebido en sustancias conservantes. A la caja craneana acceden horadando la bóveda palatina o por vía nasal.

—Ah... ¡Por eso los algodoncitos en la nariz!

—Sigo —explicaba Raúl—. Por las venas y arterias principales se irriga un líquido que impide la formación de ácido láctico, o sea que no hay *rigor mortis*, y de paso desaloja la sangre que pueda quedar ocupando los vasos. Creo que es un compuesto de formaldehido con otros conservantes y sustancias tóxicas. Con todo eso el cadáver se conserva sin ningún problema por muchísimos años.

—O sea —dijo Carlos— que podemos presumir que vamos a encontrar todo en orden.

—Exactamente. ¿Podemos cambiar de tema, o te quedan dudas?

—No. Ninguna duda. ¿Qué te parece si tomamos otra y nos vamos para el Ligure? Todo esto me dio hambre.

Capítulo VIII

Era una habitación de dimensiones no demasiado generosas. Había una sola puerta y una ventana que daba a la calle, con prolijas cortinas, impecablemente planchadas, que ahora estaban discretamente corridas. En lo alto de la pared que enfrentaba la puerta, un antiguo crucifijo de madera y bronce presidía la estancia. En un rincón, dentro de una modesta vitrina, relucía en su asta una vieja bandera argentina con el sol bordado en oro.

Frente a la ventana, sobre la pared, había un gran mapa de las Islas Malvinas. Estaba hecho con las cartas del Instituto Geográfico Militar –en escala de 1:50.000– muy usadas, con numerosas marcas de dobleces y con indicaciones y señales en lápiz azul y colorado. Estaba armado con obsesiva prolijidad, uniendo las distintas cartas entre sí, cuidando la perfecta coincidencia de sus líneas. Era fácil suponer que ese mapa también había estado en las Islas.

Alrededor del escritorio, bajo el crucifijo, se encontraban cuatro hombres sentados. La familiaridad demostrada en el trato y la charla permitían suponer que se conocían muy bien y desde mucho tiempo atrás.

Estaban el dueño de casa, Raúl, a su derecha Carlos, y frente a ellos dos hombres vestidos con ropa algo más modesta, pero con notable pulcritud.

Uno de facciones aindiadas, de baja estatura, muy fuerte contextura, con pelo corto y negrísimo, se llamaba Pedro y era nacido en Misiones, por lo que merecía el apodo de "Mencho". El otro, alto, flaco y nervudo era porteño, de Lugano. Era hijo de andaluces, rubio y de ojos celestes. Se llamaba José y lo apodaban "Payo". Carlos, al verlos juntos, tan diferentes físicamente, solía llamarlos "Antes y Después".

Sobre una mesita contigua al escritorio había una lata con yerba, un termo con agua caliente y un mate con su bombilla.

–Che, Pedro –propuso Carlos–. Vos que sos misionero, ¿por qué no te cebás unos amargos?

–Y, ¿qué tiene que ver que sea misionero? –preguntó Pedro con la comprensible desconfianza hacia el contumaz bromista.

–¡Elemental, Mencho! Nadie ceba mate mejor que un misionero.

–¡Ni nunca! –contestó Pedro esponjado ante el inesperado halago, mientras echaba yerba en el mate con ademanes de alquimista.

–Caballeros –arrancó Raúl poniendo fin a la charla–, los he convocado para ver si podemos ponernos de acuerdo sobre un... en fin... un negocio que se me ha ofrecido.

–La idea es –continuó Raúl– que analicemos exhaustivamente entre los cuatro todas las alternativas del asunto, y en caso de decidirnos, llevarlo a cabo los aquí presentes. Ahora voy a darles los detalles principales, pero desde ya estoy contando con su palabra de honor de que nada de lo conversado trascienda estas cuatro paredes. ¿Estamos en claro?

Los tres hombres asintieron de inmediato, pendientes de las palabras de Raúl. Pedro tomó rápidamente el primer mate y alcanzó el segundo al dueño de casa.

–No. Aquí no hay jerarquías, así que el mate va por derecha, como en el truco –dijo indicando a José como destinatario de aquel prodigio de espuma–. Paso a poner en conocimiento de ustedes las características del asunto que nos ocupa. Sé que seguramente tendrán grandes reservas para llevar a cabo esta operación. Sé también que el rechazo será motivado por razones de conciencia, así que les aclaro que voy a comprender perfectamente a quien se niegue a secundarme por sentir repugnancia ante las particularidades de esta operación. Deberemos entrar al cementerio de la Chacarita, violentar la bóveda y el ataúd del general Perón, amputar ambas manos al cadáver y llevarlas con nosotros –enunció con preciso laconismo–. Aclaro que yo personalmente voy a abrir el ataúd y cortar las manos, o sea que la participación de ustedes será secundaria. Se me ha ofrecido como pago por la operación un millón de dólares, que pretendo distribuir en partes iguales. Es todo. Ahora los escucho –concluyó.

–Hace más de diez años que está muerto, ¿verdad? –preguntó Pedro casi con timidez.

–Exactamente trece –ilustró Carlos.

–Entonces, después de trece años, al abrir el cajón, ¿con qué nos vamos a encontrar? –siguió averiguando Pedro.
–Suponemos que con el proceso de criamiento que recibió, el cadáver estará en perfecto estado –informó Raúl.
–Cria... ¿qué? –insistió el misionero.
–Que está embalsamado, Mencho –se metió Carlos–. Es como una momia, ¿viste?
–Ah, bueno –se tranquilizó Pedro, tomándose un mate.
–¿Puedo hacer una pregunta? –averiguó José.
–Para eso estamos acá –dijo Raúl–. Preguntá nomás...
–¿Para qué puede alguien querer las manos de un difunto? ¡Y encima pagando semejante fortunón! ¿No será para alguna brujería?... Digo yo, ¿no?
Carlos y Raúl se miraron sin poder evitar reírse. Esa misma e ingenua pregunta se habían planteado ellos mismos pocas horas antes.
–Les juro que no puedo ni siquiera imaginar para qué las querrán –explicó Carlos–. Raúl tampoco lo sabe, y créanme que hace dos días que estamos devanándonos los sesos analizando y descartando todas las hipótesis, ¡hasta las más absurdas!
–Descartamos todo aquello que se refiera a brujería o algún ritual pagano –terció Raúl– al tomar en cuenta la personalidad de quien me hizo este encargo, cuya identidad, por supuesto, pretendo mantener en reserva. Yo no quiero presionarlos a través del dinero –siguió diciendo Raúl–, pero quiero que tengan presente que doscientos cincuenta mil dólares, un cuarto de

millón, es una suma que bien puede cambiar la vida de cualquiera. En especial si se trata de unos secos como nosotros.

–¡Es un montonazo de guita! –abonó José.

–Sobre todo, no hay que olvidarse que ahora ninguno de nosotros tiene ningún ingreso, salvo el magro que podemos obtener a través de servicios de seguridad o de vigilancia –recordaba Carlos– y que, hasta que podamos habilitar nuestra agencia, constituyen, nos guste o no, una actividad ilegal.

–¿Con qué porcentaje, en cuanto a posibilidades de éxito, podemos llegar a contar? –quiso saber, más interesado, Pedro.

–Decir que tenemos un cien por ciento –intervino Carlos– sería hablar boludeces, pero puedo asegurarles que contaremos con un margen de seguridad francamente altísimo.

–¿Contamos con algún apoyo? –indagó José.

–No –le contestó Raúl–. En esto vamos a estar solos.

–Entonces –le dijo José con expresión grave–, si usted va, yo voy también.

–¡Y yo! –saltó Pedro.

–¡Qué Dios nos ayude! –murmuró Carlos.

–¡No! No pidamos la ayuda de Dios para cometer un sacrilegio –protestó Pedro con indignación.

–Pedro tiene razón –sentenció Raúl–. No volveremos a mentar su Nombre en este asunto.

Hubo un instante de silencio durante el cual todos se miraron entre sí, como quienes acaban de conocerse.

–Caballeros –agregó, tratando de quitar tensión al ambiente–, ¡al trabajo! ¡Y que salga pato o gallareta!

De un cajón sacó un plano que desplegó con gran cuidado sobre el escritorio. Mostraba una construcción de planta baja y dos subsuelos. Era de la bóveda donde descansaban –al menos hasta ese momento– los restos del general Juan Domingo Perón.

Capítulo IX

Estacionó sobre Santos Dumont. Caminó por Caldas hasta Jorge Newbery, y entró al bar de la esquina. Era un sitio lamentable, miserable hasta para ese barrio.

A Raúl no le costó mucho reconocer a quien lo esperaba. Pobremente vestido, desaseado, barba de algunos días, amplia calva, circundada por algunos pelos largos y grasientos, desde una mesa en un rincón del tugurio, Gregorio lo miraba con su único ojo.

Ya muy pocos recordaban su verdadero nombre. Alguien, hace de esto muchos años, lo había apodado Gregorio, "porque tenía un ojo fijo y el otro giratorio".

Era uno de los serenos del cementerio y se había escapado del trabajo para acudir a esta cita con Raúl. Gregorio se puso de pie, apoyando con disimulo la punta de los dedos en el borde de la mesa para ayudar a su equilibrio, algo devaluado a esa altura de la jornada.

–¿A usted lo manda el hombre de la barbita? –quiso saber Gregorio.

–Sí. Soy el comandante Domingo, mucho gusto –saludó Raúl, estrechando la mano del patético cíclope.

—Vea Comandante...
—No... llámeme Domingo a secas nomás.
—No... le decía que pensé que era una joda, ¿sabe? Hoy nadie tiene en cuenta a tipos como yo, en las últimas —filosofaba Gregorio— pero lo que me adelantó esa plata, me avivé que era en serio, ¿sabe?
Raúl maldijo interiormente a Menéndez Coghlan por el contacto que le había mandado, pero aunque de mala gana, decidió seguir adelante con la cosa. Ya se vería si el tipo servía para algo.
—Yo al principio creí que era puto, ¿vio? —explicaba Gregorio—. Lo que me apalabró en la calle, al salir del cementerio... ¡Y tan empilchado el tipo! Pero cuando me dio la guita y me explicó que era Brigadier... o algo de eso ¿vio?, ¡entonces lo tomé en serio! Y aquí me tiene, pa'lo que guste mandar, mi Comandante.
—Shhh... Ya le dije que me dijera Domingo a secas... ¿Me entendió?
—Sí, ya le entendí Domingo, pero quedesé tranquilo nomás, que aquí no nos oye nadie.
A Raúl la tertulia con aquel mamado de sainete se le iba haciendo difícil de tolerar.
—Me dijo el brigadier García que lo llamara Gregorio, ¿puede ser?
—Seguro, Domingo. El Brigadier ése que usted dice... es el tipo de la barbita, ¿no?
—Así es, amigo Gregorio, y también me dijo que se podía contar a muerte con usted. Me contó que fue hombre del petiso Queraltó en la Alianza y...
—Anduve en la Alianza, sí —interrumpió Gregorio—, ¿pero..., se podrá pedir algún vinito?

—Por supuesto camarada Gregorio, por supuesto —concedió Raúl con la más falsa de sus sonrisas—. ¡Mozo!

—Un Etchart Privado, Cacho —saltó Gregorio en cuanto el mozo se le puso a tiro—. ¡Y bien helado!, ¿eh?

Mientras esperaban la botella, Raúl, sin saber muy bien qué decir, dedicó a su invitado una sonrisa que derrochaba simpatía, más falsa aún que las anteriores. Gregorio, mostrando contento sus encías despobladas, se la devolvió con un guiño de su único ojo.

"De dónde mierda habrá sacado Menéndez Coghlan a semejante lumpen", pensaba Raúl, temiendo lo que le esperaba cuando el desgraciado se hubiera tomado la botella.

El mozo trajo el pedido, sirvió dos vasos y volvió la botella al inesperado balde enfriador, con pedazos de hielo.

—Usted ya sabe quiénes somos, ¿verdad? —quiso confirmar Raúl.

—No —eructó Gregorio—. No tengo ni la más puta idea.

—Somos un grupo nacionalista y...

—Ah, ¡qué bien! —lo interrumpió—. Yo estuve en la Alianza, con el camarada Queraltó, ¿sabe?

—Ahora, camarada Gregorio —dijo Raúl con afectada solemnidad—, la Causa lo llama nuevamente a su deber. Pero esta vez vamos a pagarle muy bien, ¿sabía?

—Sí, eso me dijo el Brigadier ése. Pero dígame, Domingo —dijo acercando la cabezota y envolviendo a Raúl en su aliento avinagrado—, ¿ustedes andan en lo del afano del bronce?

Raúl se había emborrachado una sola vez en su vida, hacía de eso ya muchos años y en circunstancias muy especiales. Una de las cosas que más lo exasperaba en sus semejantes era que se emborrachasen, y este trasgo que le hacía repetir y recomenzar las cosas lo tenía propiamente curcuncho.

—No, camarada, le digo que somos un grupo nacionalista y que no tenemos nada que ver con el robo de bronces.

—Y yo, ¿qué tengo que hacer para ganarme esa guita?

—Contarme detalladamente cuáles son las medidas de seguridad nocturna dentro del cementerio. ¿Está claro, camarada?

—¡Pero entonces ustedes andan en el choreo del bronce!

—No camarada, no —lo tranquilizaba Raúl—. Pierda cuidado.

—Por que yo con eso del afano del bronce no la voy, ¿eh?

—¡Carajo! ¡No me joda más con el puto bronce! ¡Ya le dije qué no! —estalló Raúl, ya sin paciencia.

—Entonces digamé: ¿para qué quiere saber lo que pasa de noche ahí adentro? —inquirió Gregorio, señalando hacia atrás por sobre el hombro—. Algo querrán afanarse. Digo, ¿no?

—Vea camarada Gregorio —dijo clavando en el ojo del pobre mamado su durísima mirada—. El Brigadier me garantizó que usted era de absoluta confianza, así que le voy a contar más de lo que estoy autorizado a decirle. Por otra parte usted sabe muy bien lo que les espera a los delatores, a los buchones –agregó pasándose el índice por la garganta en ademán inequívoco.

–¡Pero no, camarada! No me diga eso –decía Gregorio auténticamente asustado, acariciándose el pescuezo con la mano–. Soy una tumba, eso, ¡una tumba soy!

"No hay cosa como el peligro pa'refrescar un mamao" –pensaba divertido Raúl–. "Cuánta razón tenía Martín Fierro."

Lentamente, sin que se sepa por qué, el visceral rechazo que le había inspirado Gregorio en un primer momento iba volviéndose compasión, y no exenta de cierta simpatía.

–Entonces déjeme que le cuente, camarada –inventaba Raúl–. Sabemos que los radicales preparan un golpe contra la tumba del General. Quieren robarse el sable corvo y...

–Hay que matarlos a todos –interrumpió Gregorio–. Cuenten para lo que sea con mi ayuda. ¡Hay que matarlos a todos!

–Queremos llevarnos el sable antes de que se lo roben. ¿Me entiende? Tenemos que ganarles de mano.

–¿Y cómo van a hacer? Eso está todo blindado.

–Sí –decía Raúl–. Pero vamos a entrar por arriba, por la claraboya del techo.

–Pero el sable está dentro del nicho blindado –explicaba Gregorio–, encima del cajón.

–No se preocupe por eso, camarada. Usted deme la información que le pedimos, nada más.

–¿Qué quiere saber exactamente? –preguntó Gregorio, cuya tranca iba disipándose lentamente.

A Raúl todo aquello del sable y del supuesto atentado se le había ocurrido sobre la marcha y se le antojaba como imposible de creer, pero al parecer el otro se había enganchado en la historia sin dudar. ¡Cualquier disparate se hacía creíble en nuestro país!

–Quiero saber todo. Si hay otros serenos –enunciaba Raúl–, si hay policía adentro, en fin... Todo, Gregorio.

–A veces entra el patrullero de la 29, pero no todas las noches.

–¿Cómo hacen para entrar?

–Por el portón de Guzmán, al lado de la entrada principal. Tocan bocina y el sereno les abre el portón. Dan un par de vueltas y se van. Hay veces que traen pizza o sánguches y alguna cerveza, y comemos todos en alguna oficina calentita.

–¿Y ustedes, los serenos?

–Y, mire, si no hay nada raro nos quedamos adentro de la oficina. Somos tres, y yo soy el jefe –explicaba Gregorio orgulloso–. Alguno se queda despierto, por lo que putas pasara, y los otros dos apolillan. Ahora, en invierno, esa oficina con la estufa es un nidito. ¿Quién va a querer andar jodiendo ahí afuera? ¿Me quiere decir?

Raúl trató por un momento de imaginar cómo serían los otros serenos, partiendo de la premisa de que este dipsómano era el jefe, pero rápidamente retornó a lo suyo.

–Cuénteme algo de las otras entradas –pidió Raúl.

Gregorio se quedó un ratito pensativo. La tranca iba deshilachándose y aquella jugosa recompensa que le ofreciera "el Brigadier" aparecía por momentos más tentadora que una inmediata botella de vino blanco. Decidió que la botella muy bien podía esperar un poco.

–Hay otras entradas que son menos bocinas –dijo finalmente.

–¿Por ejemplo?

–Por ejemplo esa puerta, pegada al portón de Jorge Newbery, que casi no se usa. ¿Ve? –decía el ojituerto señalando hacia el cementerio, sumido en la negrura de la noche.

Raúl trató de horadar con su vista esa arcana tiniebla que ocultaba la famosa puerta. No pudo ver nada, y eso le pareció ideal.

–Ya vi que le gustó –dijo Gregorio con satisfacción–. Le puedo conseguir una llave.

–Ah. ¿Y cómo piensa hacer? –preguntó desconfiado Raúl.

–Hay un segundo tablero con duplicados de todas las llaves, que se usa solamente cuando algún boludo pierde la que está en uso. Mañana temprano, antes de irme –seguía explicando Gregorio–, voy a sacar del tablero esa llave. Le saco un duplicado en el hall del subte y la vuelvo a poner en su lugar. Eso no puede llamar la atención de nadie, y mañana a esta hora usted viene aquí, me trae la guita y yo le doy la llave. ¿Le gusta, camarada Domingo?

–Sí. Lo único que me sigue preocupando es el patrullero –dijo Raúl, como pensando en voz alta, sorprendido por la recuperación de Gregorio.

–Y, mire, casi todos los viernes hacen recitales de rock en Atlanta –Gregorio hablaba sin apartar la vista del culo de la botella que asomaba del balde–.

Es muy difícil que entren una noche de viernes. Diga, camarada, ¿pedimos otro Etchart?
—Con todo placer. ¡Mozo!
—¿Cuántos años tiene, Gregorio? —se atrevió a preguntar Raúl, mientras el mozo traía lo pedido.
—Si Dios lo permite, en diciembre cumplo setenta, pero no ponga esa cara. ¡Yo no fui siempre así! Cuando vino la Revolución del 43, yo estaba en tercer año de Derecho, era un nacionalista fanático y militaba en la Alianza.

Raúl descubría, no sin sorpresa, que Gregorio iba dejando atrás al personaje del borracho despreciable —del que él se tenía que aprovechar en busca de información— para asumir su dimensión de ser humano al que algunos barquinazos de la vida habían llevado a su actual condición. Era un hombre y tenía un pasado, seguramente lleno de anhelos y frustraciones. Que había sido como él, hombre de acción, y profesado sus mismos ideales.

—Por favor, cuénteme, camarada —pidió Raúl—. Tenemos tiempo y vino de sobra —agregó con una sonrisa, que esta vez era auténtica.

—Hubo un entrevero, de aquéllos que en esa época eran frecuentes —recordaba Gregorio, asombrosamente lúcido— con los de la FUBA, y uno, de un fierrazo, me voló el ojo. Bueno, yo me puse medio loco y le encajé un tiro. Después supe que el tipo se murió y se armó un bruto quilombo. Los camaradas se portaron muy bien, arreglaron la cosa como para fletarme a Montevideo.

—Y en Montevideo —inquirió Raúl, interesado en el relato—, ¿cómo se arregló?

—Ya le dije que los camaradas se portaron muy bien. Me mandaban siempre unos pesitos. No mucho, ¿vio?, pero podía sobrevivir. Lo malo era que yo allá no conocía a nadie ni tenía nada que hacer, así que la plata se iba en putas y Espinillar.

—¿Espinillar?

—Es una caña uruguaya. Era muy barata y muy rica —dijo el ex-hombre relamiéndose en el recuerdo y mandándose otro vaso de vino blanco. Así fue que cuando en el 45 me mandaron llamar porque hacía falta aquí, me volví, pero nunca más agarré un libro de Derecho.

—¡Qué crimen!, ¿no? —comentó Raúl, porque no se le ocurrió nada mejor que decir.

—La verdad que sí. Lo lamenté a lo largo de toda mi vida pero, ¿qué le v'hacer? Acá por lo menos tenía gente conocida, porque en Montevideo andaba todo el día solito, igual que Adán en el Día de la Madre... Piense que en Montevideo yo no era más que un borracho de mierda, ¡y encima tuerto! Pero entre los camaradas de la Alianza era todo un personaje, era un mutilado de guerra, ¿vio? —seguía descargándose Gregorio, que ya miraba inquieto la botella que reposaba culo para arriba en el balde.

Raúl pensó que era un buen momento para irse, pero el relato de aquella mezcla de Polifemo con el Barón Samedi lo subyugaba, así que llamó al mozo para pedir más vino.

—¿Y qué hizo en Buenos Aires?

—Estaba en la Alianza. Ellos me pagaban un sueldito y yo estaba a su disposición tiempo completo. Vino

el 17 de Octubre, después subió Perón y empecé a echar buena. Bah, buena es un modo de decir, ¿no? Pero me mudé a una pensión como la gente, ¡y hasta llegué a tener tres trajes, con sus sombreros al tono!
—¡Las cosas que habrá vivido en aquellos años! —dijo Raúl auténticamente interesado.
—Sí, camarada Domingo, muchas. Si algún día me vuelve a encontrar sobrio le cuento algunas. Después vino el 55, cuando nos bombardearon con un tanque. ¡Qué hijos de puta!
—¿Usted estuvo allí?
—¡Y claro que estuve! ¿Dónde iba a estar? Cuando vi que todo se estaba prendiendo fuego y que quedábamos cuatro gatos, porque los que no estaban muertos se habían rajado, quise rajar yo también, pero me agarraron. ¡Y me tuvieron tres años en Las Heras!
—¡Qué historia, Gregorio!
—Adentro no la pasamos tan mal, al menos algunos, porque había unos cuantos figurones del Partido Peronista que recibían guita y comida de afuera. Esos vivían como bacanes y nos tenían a los de la Alianza como valerios, pero nos daban buena comida y algo de guita para que los protegiéramos de los presos comunes que los querían afanar.
—Ahí debe haberlo conocido a Kelly, ¿no?
—Sí. Kelly no fue nunca santo de mi devoción y estuvo poco tiempo, porque en seguida lo mandaron al Sur. Pero mientras estuvo se preocupaba por nosotros, cuidaba que estuviéramos bien.
—Adentro se debe haber hecho de buenos amigos.

–Eso creí yo. Pero cuando me largaron descubrí que esos figurones de la política, los "Señores de la Partidocracia" no me daban ni cinco de pelota, ¡ni me conocían!
–¿Y qué hizo?
–De todo, hice. Anduve de ciruja, tiré la manga puerta por puerta y en las estaciones grandes, siempre viviendo en la calle. ¡Mire Domingo, no quiero ni acordarme!
–Perdóneme, Gregorio, disculpe. ¿Y aquí cómo llegó?
–En el 73, cuando entró López Rega de Ministro me encontré de casualidad con un antiguo camarada de la Alianza, que andaba como culata del brujo y después lo asesinaron los Montoneros.

Gregorio se mandó otro vaso de torrontés. Raúl miraba impresionado cómo los tragos le iban pasando con regularidad de pulso por el garguero.

–Este camarada –seguía recordando Gregorio– era más joven que yo. Era uno de esos muchachos de la Alianza que me tenían como héroe de guerra porque me habían sacado un ojo, y él me sacó de la calle, me compró ropa y me metió en una pensión. Después él mismo me consiguió el nombramiento en el cementerio. Para ese tiempo yo ya tomaba mucho, y por culpa del escabio no daba para nada mejor que para sereno del cementerio, ¿sabe?

Para entonces se estaba acabando la cuarta botella y la lengua de Gregorio empezaba a traicionar su relato.

Raúl miró la hora y llamó nuevamente al mozo. Pagó la cuenta y tras advertir a Gregorio que sería la última, pidió la quinta.

—Discúlpeme la lata, camarada, pero me hace bien hablar con alguien, y si es del palo, mejor. Hay veces que me agarra miedo de perder la facultad del habla, de lo solo que ando, ¿me entiende?

—¿Vive solo?

—¿Y con quién quiere que viva? ¿Con la Madre Teresa? Vivo acá cerquita, en algo que le llaman pensión, pero es peor que un conventillo.

—¿Es tan jodido? —preguntó Raúl, que ya quería irse y dejar a aquel ojanco lastimoso en su ineluctable miseria.

—Mire —dijo riéndose por primera vez— cómo serán de finitas las paredes, que ayer el coso de la pieza de al lado pelaba una cebolla y a mí me lloraba el ojo que me queda.

—Bueno, camarada Gregorio, acá está todo pago. No se ponga tan mal que mañana va a recibir unos cuantos mangos. Lo espero a la misma hora de hoy. ¿Está bien?

—¡Que Dios lo bendiga, camarada, y al Brigadier también! Hasta mañana.

—Chau.

Capítulo X

Caminando pensativo por Callao llegó hasta Córdoba. Hacía demasiado frío para seguir caminando porque sí nomás. Tenía bastante tiempo por delante antes de acudir a su cita con Gregorio. Decidió tomarse un café caliente y entró a la Confitería del Salvador.
Se sentó a una mesa desde donde podía ver todo a su alrededor. A Raúl siempre le había gustado observar a la gente. Lo deleitaba el imaginar situaciones, identidades, profesiones, sentimientos y otras circunstancias relativas a gente que no conocía ni –seguramente– conocería jamás.
Dos mesas más allá había un hombre solo, al que Raúl podía estudiar a sus anchas sin ser visto. Vestido con un excelente traje, de corte artesanal, camisa de *voile*, corbata de seda, todo su atuendo –pese a ser de muy buen gusto– era un alarde conspicuo de riqueza.
El hombre tendría unos cuarenta y cinco años, facciones armónicas, con un intenso bronceado que asombraba por lo extemporáneo –ahí afuera estaba junio– y pelo que había empezado a encanecer, agrisándole los costados de la cabeza.

Pero lo que más llamaba la atención de Raúl en su ocioso, pero concienzudo examen, eran las manos del tipo. Extremadamente cuidadas, con uñas cortas terminando dedos muy largos, eran manos que seguramente poseerían alguna clase de habilidad singular.

"Son manos de punguista" –pensó, pero en seguida razonó que un punguista así vestido era tan impensable como imaginarse a Tarzán con medias–. "Cirujano, si no es punga, entonces es cirujano."

Raúl se iba poniendo contento, como le sucedía siempre que alguno de estos procesos deductivos iba tomando forma. La mayoría de las veces estos procesos "a la Holmes" no guardaban ni la menor relación con la realidad, pero como Raúl casi nunca se enteraba, seguía tan campante.

A Raúl no lo colmaba haber concluido que su vecino era cirujano. Según sus deducciones estaba ante un cirujano plástico y no uno común –si es que los hay– sino uno de aquellos elegidos por las mujeres de la farándula, dispensadores de fabulosos contornos y cautivantes facciones.

"Este hijo de puta está esperando una mina. Una clienta", pensaba Raúl visualizando mentalmente a una hembra babilónica. "Claro, el turro las opera a su gusto –imaginaba Raúl– les saca muy buena moneda, y después, ¡trac!", conjeturaba, cuando de pronto algo hizo dar un respingo al "cirujano plástico".

Alto, corpulento, avanzando hacia la mesa del hipotético Pigmalión con unos pasitos ridículamente cortos, se acercaba un caballero. Bronceado como el otro, se sentó a su mesa luego de saludarse con un beso en cada mejilla.

Ya era bastante. Raúl pagó la cuenta y salió de la confitería puteando por lo bajo a los homosexuales. Subió a un taxi. Durante el viaje sus cavilaciones le confirmaron la fobia que sentía por la gente gay. Llegando a destino pagó, bajó y entró al bar, donde tan puntual como sediento, esperaba Gregorio.

–¡Maestro! –exclamó contento al ver a Raúl.

–Camarada Gregorio –saludó el otro estrechándole la mano con la solemnidad fingida que reservaba para ocasiones así.

–¿Me trajo la plata?

–Depende camarada. Si usted me trajo la llave, entonces yo le traje la plata.

Raúl extrajo de un bolsillo interior del sobretodo un sobre más o menos abultado que colocó encima de la mesa, junto a sus guantes. Extendió la mano derecha en dirección a Gregorio, con la palma hacia arriba. Éste sacó de alguna parte una llave, con brillos de nueva, y la puso sobre la palma del otro. Al contacto con la llave la mano se cerró, desapareciendo en el sobretodo, mientras la izquierda acercaba lentamente el sobre al ansioso Gregorio.

–Ahora guarde. Después lo cuenta –dijo llamando al mozo para pedir el tan esperado vino blanco.

–Por la Patria –brindó Gregorio alzando su vaso y también su voz.

–Por la Patria respondió Raúl paseando una mirada inquieta por las mesas cercanas y felizmente vacías.

–¿Sabe una cosa, Domingo? Chocaron.

—¿Quiénes chocaron?
—La cana. Fue ayer, como a las dos de la mañana —contaba Gregorio secándose los labios con el dorso de la mano roñosa y guiñando el ojo sobreviviente—. Parece que iban a un asalto o algo así. Se la dieron con otro patrullero, el de la 23, en Corrientes y Gurruchaga.
—¿Y qué pasó?
—Nada. Los canas no se hicieron nada ¡Pero los autos quedaron hechos mierda! Yo lo vi al de la 29 en la puerta de la comisaría.
—¿Tienen más vehículos?
—Sí. Uno de esos Falcon amarillitos, sin letras, ¿vio? Pero a ése lo usa nada más que el taquero. Hay otro patrullero, pero está en las diez de últimas. Tiene que ser el viernes.
—¿Por qué?
—Porque hay un recital en Atlanta, y con semejante quilombo y un auto chocado no van a venir a joder al cementerio, ¿se da cuenta?
—¿Quiénes dan el recital, "Los Masturbeños"?
—No sé, Domingo, yo de música foránea no entiendo nada. ¿Quiere que le averigüe?
—No, gracias Gregorio, era una broma nomás.
—Ah, ¿sí? ¿Sabe que no me había avivado?
—Y esa llave que me dio, ¿abrirá?
—Pero Domingo, ¡si la probé yo recién, antes de cruzar! De adentro y de afuera la probé. Abre y cierra que es un violín.
—Supongo que usted de esto no le habrá dicho a nadie ni una palabra, ¿no es así?

—¿A quién quiere que le cuente? Si yo ni tengo con quien hablar...

—Bueno Gregorio, perdóneme, no se me ponga así. Pidamos otro vinito, ¿quiere? Yo me tomo una copa y lo dejo. ¡Ojo!, que son cinco mil dólares, no vaya a ser cosa que se le pierdan, ¿eh?

—¿Y qué tengo que hacer ahora? —quiso saber Gregorio.

—Usted y yo ya no volveremos a vernos. El viernes a la noche voy a entrar con mis hombres —explicaba Raúl a un Gregorio sorprendentemente sobrio y atento—. Necesito que usted se asegure de que no ande ninguno de sus compañeros boludeando por ahí. Si surge un problema grave, algo que nos ponga en peligro, se viene volando para la bóveda y da tres golpes, "tum, tum, tum" con algo pesado contra la puerta, y se raja de inmediato.

—¿Y si no pasa nada, que es lo más seguro?

—Entonces a las cuatro y media de la mañana se da una vuelta para asegurarse de que no hay ningún peligro y da cinco golpes, y se va sin esperar nada, porque puede ser que ya nos hayamos ido. ¿Está claro?

—En claro, camarada. Si hay novedad tres golpes, y si no, a las cuatro y media, me aseguro de que no haya moros en la costa y le aviso con cinco golpes.

—Excelente —aseveró Raúl—. Y, dígame, ¿qué piensa hacer con esa guita? Supongo que no se la va a gastar en Etchart Privado, ¿no?

—¡Seguro que no! Mire, hay un doctor conocido, secretario de un diputado peronista que me está tramitando una jubilación por invalidez. Es muy poca guita, pero ayuda. Además pienso mudarme a Mar del Plata, instalarme en alguna pensión limpita, y con esta guita abrir un kiosco. Entre lo que deje el kiosco y la jubileta puedo andar bien. Ah, y quiero hacer el curso ese en Alcohólicos Anónimos. ¿Qué le parece?

–Lo felicito Gregorio –dijo sinceramente Raúl–, es lo mejor que puede hacer, y a lo mejor, algún día de estos nos encontramos por Mar del Plata y nos tomamos un café. ¡No unos vinos! Ahora me voy. Le deseo la mayor de las suertes y le agradezco todas sus molestias.

–Pero camarada, soy yo el agradecido. Si entre usted y el Brigadier me arreglaron la vida. Adiós Domingo, mucha suerte.

–Adiós Gregorio, cuídese.

Capítulo XI

A la noche siguiente, al dar las ocho y media, los cuatro conjurados volvían a reunirse en el escritorio del jefe. Durante encuentros anteriores habían analizado con minuciosidad de arqueólogo, todas y cada una de las posibles alternativas del Operativo Veinticinco, como lo había bautizado Carlos.

–Caballeros: en cuarenta y ocho horas, o sea pasado mañana, viernes, a las 21.00 entraremos en operaciones –anunciaba Raúl a los atentos conjurados–. El Servicio Meteorológico está anunciando una noche de mierda. Espero de todo corazón que, al menos esta vez, la peguen. ¿Quién tiene alguna novedad o alguna duda?...

–Ese sereno que está comprometido, ¿es confiable? –preguntó José.

–Sí –lo tranquilizó Raúl–. Podré dudar de su responsabilidad pero no de su lealtad. Por otra parte el hombre tiene perfectamente claro que la menor infidencia le aparejaría la muerte.

–¿Qué nivel de información maneja? –indagó Carlos.

—Absolutamente ninguno —aclaró Raúl—. No conoce a nadie, no sabe mi verdadero nombre y cree que somos un grupo nacionalista que quiere sacar el sable del general Perón para ponerlo a salvo de un presunto atentado de un grupo gorila. No sabe nada más.
—Terminado el Operativo, ¿va a ser eliminado? —quiso saber Carlos.
—Negativo —cortó Raúl—. Esa alternativa será contemplada sólo en caso de que su conducta entrañe un riesgo para nuestra seguridad.
Los tres conjurados miraban a Raúl en silencio, expectantes.
—¿Alguien tiene alguna duda? —insistió el jefe paseando una mirada inquisitiva de uno a otro.
—No. Negativo —contestaron casi a coro.
—De acuerdo. Entonces vamos a repasar, creo que por última vez, el plan de desarrollo de operaciones. Después Carlos nos va a exponer las hipótesis de dificultad y sus alternativas. ¡Al trabajo! —dijo Raúl extendiendo nuevamente sobre el escritorio el raboseado plano de la bóveda.

Capítulo XII

Por la Avenida Jorge Newbery circulaba muy poco tránsito. Hacía mucho frío, soplaba viento del Oeste y no había luna. Era, en suma, lo que se da en llamar una noche de mierda, pero para algunos era una noche ideal. No pasaba nadie por allí. La Trafic se detuvo con suavidad y Pedro, ágilmente, se dejó caer desde la puerta trasera.

Abrió la puerta con la llave que había duplicado Gregorio y entró al cementerio. Desde Atlanta llegaba la bulla del recital. Miró con serena atención hacia todos lados, y una vez seguro de su soledad volvió a salir, haciendo una seña a los demás para que bajaran. No bien sintió que las puertas de atrás se cerraban, José, que iba al volante, arrancó.

En menos tiempo del necesario para contarlo, entre Raúl, Carlos y Pedro metieron en el cementerio las cuatro pesadas mochilas y las cuatro Sterling con silenciador que habían bajado de la camioneta.

Por Jorge Newbery, pasando Otero y antes de cruzar Rodney, José halló un lugar justo bajo un farol donde estacionar la Trafic. Envolvió los pedales del freno y del embrague con una gruesa cadena de acero que unió, trabando también el volante, con un razonable candado que quedaba ostentosamente a la vista de quien mirara por la ventanilla. ¡No fuera a ser cosa de que les robaran la camioneta!

José recorrió rápidamente el par de cuadras que lo separaban de la puerta del cementerio, encontrando sólo un par de transeúntes ateridos y preocupados por sus cosas. Con las llaves del vehículo dio tres golpes espaciados contra la antigua puerta de hierro. Un maullido le respondió desde el interior. Seguro de que nadie podía verlo, José maulló también y la puerta se abrió.

Los cuatro hombres, con las mochilas a cuestas y las armas listas, echaron a andar camposanto adentro, pegados como pintura a las paredes.

Raúl encabezaba la marcha con zancadas tan largas y veloces como cautelosas, deteniéndose antes de cada cruce de calle para confirmar con veloces miradas su furtiva soledad.

Se detuvieron al llegar a la casilla de los cuidadores. Carlos sacó de un bolsillo un manojo de llaves. Probó un par en el candado, y a poco de hurgar un seco "clac" avisó que el mecanismo se había entregado. De allí se llevaron la escalerita, un balde, un secador de pisos de goma y un rollo de manguera. Al irse dejaron el candado presentado, pero sin cerrarlo.

Pronto llegaron a destino. Frente al panteón abrieron la escalerita. Pedro, ágil como un mono, se encaramó en el techo para izar lo que le alcanzaba José, parado a mitad de la escalerita, que Raúl, el último en subir, izaba tras él.

Pedro y José habían sacado de una mochila un gran rollo de cable, uno rojo, azul el otro, con sus extremos terminados en sendas pinzas del tipo "cocodrilo", de muy fuertes mandíbulas.

Pedro, con una vuelta de cable arrollada a su cintura, gateaba sobre los techos de las bóvedas hasta llegar a uno de los postes que sostenían los cables del alumbrado interno del cementerio, a los que, en un alarde de equilibrio casi circense, conectó las pinzas. Ya tenían energía eléctrica.

Mientras tanto, Raúl y Carlos, de rodillas junto a la gran claraboya piramidal que remat, aba el techo, aplicaban concienzudamente una gruesa capa de masilla a la superficie de un vidrio. Al terminar, Raúl, con las manos previsoramente protegidas por gruesos guantes de descarne, aplicó un fuerte golpe con ambas manos sobre el vidrio masillado, que al romperse, cayó dentro del panteón con un ruido sordo, en nada parecido al característico barullo de vidrios rotos.

Mientras Carlos sostenía con ambas manos una bolsa de lona gruesa, confeccionada para la ocasión, Raúl echaba dentro las trizas de vidrio que habían quedado en los bordes del tragaluz.

Después de alumbrar un instante con una linterna para ver dónde caería, Raúl se descolgó dentro del sepulcro y comenzó a recibir las mochilas que le alcanzaban a través del boquete. Luego vino la escalerita y por último el rollo de cable, cuyo extremo estaba enganchado al alumbrado.

Iluminando su camino con una poderosa linterna de mano Raúl bajó al primer subsuelo de la bóveda mientras los otros tres lo seguían sin que nadie se atreviera a abrir la boca.

Frente a ellos, en un nicho que se veía protegido por un cristal blindado, estaba el féretro que guardaba los restos de Juan Domingo Perón. Sobre la tapa había una bandera argentina cruzada por una faja de seda negra, el sable corvo y la gorra.

—Caballeros —dijo Raúl en voz baja, pero enérgica— el tiempo nos urge. ¡Al trabajo!

Pedro y José volvieron a subir mientras Carlos y Raúl inflaban una de esas piletas redondas de plástico, de las usadas por los niños. Pedro conectaba el extremo de la manguera a una canilla próxima mientras José mandaba hacia abajo el resto del rollo. Cuando estuvo lista la pileta y el extremo de la manguera en su interior, Pedro abrió la canilla. La manguera era de una pulgada de diámetro y el agua salía con excelente presión, así que en pocos minutos, con la piletita colmada, José indicaba a Pedro que cerrara la canilla y le tendía una mano para ayudarlo a subir otra vez al techo.

Abajo, Carlos y Raúl ya tenían listo un soplete alimentado con oxígeno y acetileno que habían traído en tubos de tres kilos. Raúl, sentado frente al nicho en una banqueta plegable, sostenía el soplete mientras Carlos lo encendía. Raúl reguló la mezcla de ambos gases y el largo de la llama hasta que alcanzó un color azul intenso y unos cinco centímetros de largo.

Dirigió la llama hacia un punto del cristal cercano a su centro, manteniéndola a corta distancia. Rápidamente la acción del calor fue haciendo virar el color del cristal a rojo y de rojo a blanco incandescente. En ese momento Carlos, sentado en otra banqueta junto a Raúl, lanzó un chorro de agua con una pera de goma, de las que se usan para hacer enemas. El cristal, privado de su temple por la llama, al sufrir aquel brusco cambio de temperatura, se resquebrajó con un agudo crujido en el punto en que había incidido la llama.

Al otro costado de Raúl estaba Pedro, que ya tenía en sus manos un gran taladro eléctrico con una gruesa mecha con punta de Widia. Atacó con el taladro en el punto sobre el que habían operado los otros dos. Mientras la mecha penetraba, Carlos, con su pera de goma, la mantenía refrigerada con un hilito de agua. Lentamente, en medio de una nube de vapor, el cristal iba siendo horadado.

José, detrás de los perforadores, había cortado la manguera en cuatro trozos. Dos estaban sujetos con cinta aisladora al borde del boquete abierto en el tragaluz. Los otros fueron conectados a dos pequeñas turbinas, construidas ex profeso por José en el taller de su padre, utilizando dos extractores de aire. La idea era que una tomaría aire fresco para mandarlo abajo, y la otra funcionaría al revés, llevándose el aire viciado y el vapor a través de las mangueras.

Una vez terminada la conexión de tales artifundios, José colocó la escalerita justo bajo la claraboya. Parado sobre ella, con la cabeza fuera, podía respirar aire puro, vigilar los alrededores del lugar y asegurarse del buen tiraje de ambas turbinas.

Quince minutos más tarde José bajó a la cripta, relevó a Raúl en el manejo del soplete, y éste fue a ocupar el puesto de vigilancia en la claraboya. Así, rotando cada quince minutos los puestos, siguieron con el trabajo.

Horas más tarde, el reducido recinto de la cripta iluminado con linternas, con tres tipos medio en pelotas –habían conservado sólo un calzoncillo– empapados en sudor, agotados, con los ojos enrojecidos, casi asfixiados, atacando furiosos y pertinaces un vidrio que protegía a un difunto, envueltos en un infierno de vapor, configuraba un cuadro digno de un film de Fellini.

–¡Alto! –dijo Raúl con la voz enronquecida por la falta de aire, y apagando el soplete–. ¡Vestirse y tenderse boca arriba en el techo de la bóveda! ¡Hay treinta minutos de descanso!

Sin hablar una palabra, con el silencio roto solamente por los extractores de aire, los hombres interrumpieron su trabajo.

–¡Que nadie salga sin estar armado y totalmente vestido! –ordenó Raúl.

Mientras el frío de la noche les hacía temblar los cuerpos recalentados, sin que nadie se atreviera a decirlo, todos pensaban lo mismo: habían llevado solamente tres tubos de acetileno y otros tantos de oxígeno. Habían consumido casi completamente dos, y sólo quedaban tres mechas de Widia sin usar, pero el boquete en el cristal blindado tenía casi veinte centímetros de diámetro. Todo había resultado mucho más duro que lo estimado, y existía el riesgo de no poder concluir la tarea sin tener que pasar otro día dentro de la cripta.

Pasada la media hora Raúl, por señas, indicó a sus hombres que volvieran a la cripta.

—Pedro, tomá vos el primer turno de vigilancia y me relevás en diez minutos —dijo Raúl mientras se quitaba la ropa y volvía a colocarse las antiparras azules—. Vamos a hacer turnos de diez minutos.

Durante el descanso Raúl había decidido continuar la labor hasta agotar los tubos restantes, y entonces intentar la culminación de sus propósitos por pequeño que el boquete resultara. Si esto era realmente impracticable se retirarían para volver al día siguiente, contando con que Gregorio les informaría si alguien hubiera detectado alguna anormalidad.

En realidad, el único detalle que podía delatar su paso desde el exterior era la rotura del tragaluz, y éste no era demasiado visible, salvo para alguien que alzara su vista ex profeso. En fin, ya se vería. Ahora había que seguir, controlando con obsesivo cuidado la temperatura del ataúd.

Poco después, cuando el soplete estaba en manos de Carlos, la llama, con una tosecita final, se extinguió.

—Bueno —dijo Carlos dejando el soplete sobre el piso y quitándose las antiparras—, esto no da para más. ¡Vamos a abrir el ataúd!

Para entonces ya habían parido —es el término adecuado— un boquete de unos veinticinco centímetros. Iba a ser difícil, como lo había sido todo desde que bajaron a esa cripta, pero iban a intentarlo.

—A ver —dijo Raúl con una corta y maciza barreta en la mano—, dejame a mí.

El boquete daba como para trabajar con una sola mano. Raúl se estiró un poco, sacó primero el sable y luego la bandera con su faja. Finalmente metió su diestra con la barreta, y con un solo movimiento hizo saltar la cerradura.

La baja altura del nicho no permitía volcar totalmente la tapa, así que quebrando el palo del secador de piso improvisaron un soporte que mantendría abierto el cajón.

Había quedado a la vista la caja interior de metal. Ahora era necesario producir una abertura en la chapa para tener acceso al cadáver.

Raúl quedó unos segundos pensativo. En seguida fue hasta su mochila y tomó de allí su cuchillo. Se trataba de un Eickhorn de combate de punta dura y aguda. Dio un golpe seco contra el forro de metal, abriendo un ojal en la chapa. Movió a los lados el cuchillo, haciendo palanca, hasta ensanchar el ojal lo suficiente como para permitir introducir la punta de una tijera para metales.

Raúl comenzó a cortar la lámina en sentido transversal, en dirección al costado izquierdo del féretro. A medida que el corte progresaba, un olor fuerte y penetrante, muy ácido, hacía picar la nariz y llorar los ojos de los tres hombres. Pero no era el olor que despediría un cuerpo en descomposición.

—Carlos, seguí vos un poco —pidió Raúl—. Tratá de alejar la cara del buraco al respirar.

—¿Será peligroso?

—No. No creo, pero la proximidad te hace llorar como una Magdalena, y no creo que sea muy sano.

—¿Ya se ve? —preguntó Pedro, ansioso.

—No. Todavía no —le contestó Raúl—. Pero cuando Carlos termine el corte vamos a tratar de doblar la chapa y vichar adentro.

Carlos –que era el de brazos más largos de los tres– estaba llegando hasta el otro lado. Volvió al punto de comienzo del corte. De allí comenzó otro, esta vez longitudinal, cerca del costado derecho.

Pedro y Raúl, mientras tanto, estaban abocados al armado de un brazo mecánico, similar a los usados por los almaceneros para alcanzar latas o botellas ubicados en estantes muy altos. El brazo terminaba en un par de mandíbulas de aluminio tapizadas de neoprene.

–Che, Pedro –llamó Carlos con los ojos llenos de lágrimas–. Seguí vos que me estoy acalambrando.

–¡Carajo! ¡Nunca creí que te iba a ver llorando junto al cadáver de Perón! –chanceó Raúl riendo–. ¡Lo que es la vida!, ¿no?

Cuando Pedro completó el corte Raúl lo reemplazó frente al boquete en el vidrio. Con una pinza de punta comenzó a doblar la chapa para producir una abertura que permitiera ver el interior del cajón, y de ser posible, maniobrar sobre el cadáver.

A la luz del reflector que Pedro había acercado, vieron el borde inferior de la faja celeste y blanca y los faldones de la chaquetilla. Seguramente, al momento de cerrar el ataúd, las manos habían sido colocadas a los lados del cuerpo, por falta de espacio.

–Déjenme a mí. Tengo los brazos más largos –dijo Carlos cambiando los guantes gruesos de trabajo por otros, de tipo quirúrgico.

Solamente Carlos supo del enorme esfuerzo de voluntad que le permitió vencer su aprensión y meter la mano ahí dentro. Tanteando entre el costado izquierdo del cadáver y la pared de metal encontró un brazo.

Siguiendo un poco a lo largo del brazo, pudo palpar el gran puño bordado de la chaquetilla. Tomó la bocamanga y tiró. Primero despacio, después con más fuerza, hasta sacar por la abertura cortada en el zinc la mano izquierda del muerto.

—Ahora dejame a mí —dijo imperativamente Raúl. Tenía una sierra quirúrgica marca Alce, de las del tipo zimmer. Mientras Pedro aseguraba con el brazo mecánico la mano a la altura del metacarpo, Raúl, apoyando la hoja de la sierra sobre la muñeca, con un breve zumbido, la amputó limpiamente.

La mano fue acondicionada en un estuche de plástico hermético, con el interior de espuma de poliuretano que la sostenía, protegiéndola de cualquier golpe o sacudida.

Una vez que la mano derecha fue obtenida y embalada de modo semejante a la izquierda, Carlos y Pedro guardaron todo en las mochilas, Raúl envolvió el sable corvo con la faja de luto y lo sujetó con las correas de su mochila.

Las mochilas fueron llevadas a la planta baja. Quedaba la piletita de plástico con agua hasta un cuarto de su nivel. No quedaba más remedio que derramarla. Rápidamente repasaron todas las paredes y el piso con trapos que habían traído con ese propósito. Cuando estuvieron seguros de haber borrado cualquier hipotética huella, arrastraron la piletita hasta la escalera y allí volcaron el agua que corrió velozmente hacia el segundo subsuelo.

Mientras Pedro recuperaba y volvía a arrollar los cables, los demás se aseguraban de que no quedara ninguna huella delatora y alcanzaban a Pedro las mochilas. José, que ya había bajado del techo del panteón, vigilaba atento.

Adentro, sólo quedaba la escalerita que decidieron abandonar allí. Momentos más tarde dejaban en la casilla de los cuidadores lo que había sido el rollo de manguera, ahora cortado en cuatro trozos y el secador de pisos con su palo quebrado. Cerraron el candado y fueron encaminándose hacia el portón de la calle Jorge Newbery. No existía ninguna posibilidad de que el cuidador que al día siguiente descubriera la rotura del secador y los cortes de la manguera pudiera suponer que tales hechos se debían a nada distinto que al descuido de otro compañero. Lo mismo que el extravío momentáneo de la escalerita.

Raúl, como siempre, tomó la delantera atento, asegurándose a cada paso de la soledad del lugar. Cuando llegaron junto a la puerta, tras cerciorarse de que nadie andaba cerca, José salió en busca de la Trafic, mientras los otros quedaban prestos a abordarla en cuanto llegara. Los rodeaba un silencio macizo. Eran las tres de la mañana. Habían tardado menos de lo previsto.

Sin duda pasarían unos días hasta que alguien entrara a la bóveda de los Perón y descubriera la profanación. Ahí sí que ardería Troya.

Unos minutos después, la Trafic, con José al volante, se detenía frente a la entrada. Rápidamente, por las puertas traseras, los tres hombres subieron a la camioneta con su macabro trofeo. Cuando la camioneta arrancó por Jorge Newbery los tres pasajeros se despojaron de sus mamelucos, cambiándolos por un atuendo, tal vez no tan versátil, pero mucho menos llamativo. Raúl pasó al asiento delantero, junto a José.

–¿Cómo anduvo la cosa? –quiso saber José.

–Todo coincidió con las expectativas en un cien por ciento –fue la lacónica respuesta de Raúl.

–José –dijo Pedro desde atrás–, pará por favor en la otra cuadra, en lo oscuro.

–¿Qué necesitás? –quiso saber el conductor–, ¿mear?

–No –respondió Pedro entre las risas de los otros–. Lo que quiero justamente es tirar el balde que usamos allá adentro para mear.

–¿Y lo traés lleno? –bromeó José.

–No, boludo. Lo vacié en una rejilla en cuanto salimos, pero no lo quise dejar dentro del cementerio. Con esa historia del ADN uno nunca sabe, ¿no?

Capítulo XIII

Estacionó en la playa de Moreno y Lima. Del baúl sacó un portafolios negro de regulares dimensiones. Cruzó Moreno y se metió en la parrilla La Banderita. Como era de esperar en un mediodía de sábado, el habitual público de traje y corbata había cedido lugar a grupos familiares y mesas de amigos, vestidos con algo menos de formalidad.

En una de esas mesas, precisamente, tres amigos daban buena cuenta de una suculenta parrillada. En una silla contra la pared habían apilado tres valijines de plástico negro iguales, y pese al cálido ambiente no se habían quitado sus amplias camperas.

Eran Carlos, Pedro y José, quienes, al pasar Raúl junto a su mesa, contrariamente a lo imaginable, siguieron comiendo y charlando sin que nada permitiera suponer que se conocían.

Más adentro, también en una mesa contra la pared, elegante, sonriente y satisfecho de la vida, estaba Martín Menéndez Coghlan.

Raúl dejó su portafolios sobre una silla en la que ya había una pequeña valijita de cuero negro y se sentó frente al hombre de barbita.

–¿Todo bien? –quiso saber mientras servía sendas copas de un soberbio Chateau Víeux del 82.

–¡Todo bien! ¡Salud! –contestó Raúl levantando su copa.

–Salud. ¡Para que sigan los éxitos!

–Eso, ¡que sigan!

Comieron charlando sobre intrascendencias, como siempre que debían decirse cosas importantes, sabiendo que serían conversadas durante la sobremesa.

–¿Cómo quiere que hagamos? –preguntó al fin Raúl, revolviendo su segundo café.

–¡Como debe hacerse, por supuesto! Terminada la comida nos despediremos aquí en la mesa como lo que realmente somos: dos muy buenos amigos, pero usted se llevará mi valijín y yo su portafolios.

Se dieron un apretón de manos y un abrazo, y mientras Menéndez esperaba su vuelto Raúl se dirigió hacia la salida. Al pasar junto a la mesa donde esperaban los otros tres, sin mirarlos, se atusó el bigote con el pulgar y el índice de su mano derecha. Eso quería decir "síganme a mi casa".

Cuando los cuatro estuvieron en el escritorio, Raúl volcó sobre el mueble el contenido del valijín que le entregara Menéndez Coghlan. Se aseguró de que no quedara nada dentro y lo arrojó a un rincón.

Los cuatro hombres permanecieron un instante contemplando hechizados el montón de fajos de billetes verdes. Un breve examen de algunos fajos elegidos al azar lo convenció de que todos eran iguales: tenían doscientos billetes de cien dólares, y había cincuenta fajos.

—Dividan los fajos en cuatro pilas y agreguen a cada pila cien billetes de los dos fajos que quedan. Yo vengo enseguida —dijo Raúl desapareciendo hacia el interior de la casa.

Un momento después estaba de regreso. Traía una pequeña máquina de escribir portátil y un block de papel.

—Guarden rápido toda esa guita que necesito el lugar. ¡A ver si todavía me arrepiento y los dejo en bolas! —bromeó, colocando máquina y block encima del escritorio.

—¡Che, Pedro, a lo tuyo! —dijo señalando la mesita con el equipo de mate.

—¿Viste? —lo chuceó Carlos—. ¡Jodete por cebar tan buenos mates!

La presencia del millón de dólares había transfigurado a los hombres que dejando momentáneamente atrás el laconismo de su estilo militar, charlaban y bromeaban con euforia.

—Bueno. ¡Terminado! —cortó Raúl recuperando su expresión austera—. Tengo que proponerles otra operación.

—¿Ustedes conocen la Plaza Roja, en Moscú? —lo interrumpió riendo Carlos.

—Vos sos un hereje de mierda —atajó Raúl— dejame hablar, que esto es en serio, y vos no sabés lo que voy a decirles.

—Pero, ¿cómo? —insistió Carlos—. ¿No había que cortarle las pelotas a Lenin?

—Voy a explicarles —siguió Raúl sin darle bola—. Por ahora nadie descubrió que por esa bóveda anduvo gente, ni mucho menos que falta nada. Por otra parte, no creo que nadie aparezca mañana gritando: "¡Aquí tengo las manos de Perón!", así que piensen si no sería bueno sacarles unos mangos a los politicastros de mierda, que van a querer aprovechar esta circunstancia para "hacer política", como dicen ellos, cuando se sepa.

–Pero –preguntó José totalmente despistado–, ¿quién tiene las manos?

–Realmente no lo sé –le contestó Raúl–. Yo las entregué a quien había pactado conmigo y recibí a cambio el dinero que ya he repartido. No sé ni me imagino su paradero.

–¿Entonces?

–Cerca de la cabecera del nicho había un pequeño marco, en realidad un porta retratos, con un papel escrito a mano, ¿se acuerdan?

–¡Sí! –contestaron los tres a coro.

–Era un versito –agregó José.

–Efectivamente –continuó Raúl–, lo escribió la viuda para un cumpleaños del General, que ya estaba muerto y se salvó de leerlo. Bueno, cuando salimos de la bóveda yo me traje el cuadrito del verso, y además el sable corvo.

–O sea que... –inquirió Carlos, auténticamente sorprendido.

–O sea que mi idea es pedir a los políticos un tremebundo rescate a cambio de la devolución de las manos. El poema, que acompañará el pedido de rescate, será, al igual que el sable, prueba irrefutable de nuestra autoría.

–¿Y cuando paguen el rescate? –preguntó José, que seguía en bolas.

—¡Les hacemos un corte de mangas y nos repartimos la guita! –gritó Carlos que ya había comprendido todo y se moría de risa.

—Así que vamos a cagar a los cagadores... –aventuró Pedro.

—Afirmativo –dijo Raúl sonriente–, y de paso dejar como el culo a ésos que son lo peor de nuestra sociedad.

Sacó de un cajón de su escritorio un porta retratos, lo colocó sobre el mueble con el cristal hacia abajo, y con un voluminoso cortaplumas suizo de cachas azules comenzó, bajo la mirada atenta de los otros, a desmontarlo.

En instantes liberó un trozo de papel escrito a mano por una caligrafía casi escolar. Tomó el poema por su parte superior con los dedos pulgar e índice de ambas manos y, con un rápido movimiento, lo rompió en dos pedazos, de tamaño similar.

—¡Qué pijotera resultó la viuda! –bromeó José–. Le salió baratito el regalo de cumpleaños.

—Estaba muerto, boludo –lo reprendió Pedro–. Además en esa época la pobre estaba presa.

—¿Pobre? –saltó Carlos–. ¡Ya quisiera yo ser así de pobre!

—Siempre el mismo gorilón, ¿eh? –chanceó Raúl.

Tomó una hoja del block, la colocó en la máquina, y se dispuso a escribir.

—Si nadie tiene una idea mejor –Raúl hablaba mirando a los otros tres alternativamente– vamos a escribir dos cartas iguales. Una irá dirigida al viejo Gómez, un caudillo realmente histórico, y la otra se la mandamos a Marcos García, dirigente de la nueva generación, pidiendo rescate por el sable y por las manos. Irá un pedazo del poema en cada carta como prueba de veracidad. ¿Y cuánto les pedimos?

–¿Por qué dos cartas? –inquirió José.

–Elemental, Payo –terció Carlos–. Estos tipos son tan, pero tan hijos de puta, que si le pedís el rescate a uno solo corrés el riesgo de que se haga el chancho rengo y tire la carta a la mierda.

–Insisto: ¿cuánto pedimos? ¿Diez millones estará bien?

–Un momento. No aparezcamos como un grupo de delincuentes que se manda semejante sacrilegio por mera plutofilia –declamaba Carlos–. Podríamos fantasear acerca de reclamar la restitución de una hipotética deuda que Perón hubiera contraído años atrás, por ejemplo para su campaña, y nunca devolvió. Eso le daría a la cosa un tufo bastante mafioso. ¡Ah! –recordó–, no pidamos cifras tan redondas. Ocho millones me gusta más. ¿Qué tal?

–Yo no entendí ni mierda –dijo José–, pero suena lindo.

–Creo que está bien –aprobó Pedro.

–Mencho –pidió Raúl–, decime un número cualquiera.

–El trece –contestó Pedro sin titubear–. Una vieja payesera me dijo que el trece me iba a traer suerte.

–Carlos –siguió pidiendo Raúl mientras escribía–, fijate si en la guía encontrás alguno que se llame Hermes de apellido, y tomame nota del nombre y la dirección.

–¿Si hay más de uno?

–El domicilio más cercano al centro, hay que poner un firmante.
–¿Quién es Hermes? –preguntó José, cada vez más en bolas.
–El que firma la carta –contestó divertido Raúl, señalando la tapa de la máquina de escribir donde se leía la marca, HERMES en grandes letras.
–¿Y para qué me pediste el número? –preguntó Pedro, que tampoco entendía demasiado.
–Para darle nombre al misterioso grupo que reclama la también misteriosa deuda: "Hermes y los Trece".
–Esto parece una joda –gimió el Payo.
–¿Puedo decir algo? –preguntó Pedro, tímido como siempre.
–Sí, por supuesto, acá nadie tiene que guardarse nada –alentó Raúl.
–Yo pienso que si alguien se manda un moco así, para pedir un rescate, le habría cortado directamente la cabeza y no las manos.
–Éste se cree que seguimos en las Islas –bromeó Carlos–. Si querés volvemos a la Chacarita y le cortamos la cabeza también, ¿eh?
–Carlos, ¿podés cortarla con tus herejías? ¡Gorila y masón, carajo! –lo reconvino Carlos, medio en broma y medio en serio.
–¡Vos querés firmar "Hermes" y me decís masón a mí!
–Vas a ver que no va a faltar el despistado que les eche la culpa a los masones y a toda esa cría de mierdas que jode con Hermes Trismegisto.
–Gisto, ¿qué? –preguntó Pedro.

–Hermes Trismegisto –contestó Carlos con presteza–. Era uno que jugaba de arquero en la tercera de Almagro.

Pedro y José lo miraron con el mismo aire de incredulidad, pero no volvieron a preguntar nada más sobre el tal Hermes.

–¿Y cómo van a hacer estos tipos para pagar el rescate y nosotros para cobrarlo?

–Elemental, mi querido Carlos. En la carta les decimos que el 12 de julio tienen que colgar del primer piso del Consejo Metropolitano del Partido dos banderas justicialistas en prenda de aceptación de nuestras exigencias.

–Si no lo hacen –siguió explicando Raúl–, es por que no quieren ponerse, lo que me parece muy probable, y cortamos la relación. Nosotros nos quedamos sin los ocho palos y ellos sin las manos del General.

–¿Cómo vamos a saber si pusieron o no las banderas? –quiso saber Carlos–. Porque eso va a ser un hervidero de solapas. ¡Van a filmar todo!

–Yo voy a pasar en un taxi. Sentado en el medio del asiento trasero es muy difícil que alguna cámara me tome –seguía explicando Raúl–, y si alguna vez debo justificar mi presencia en el lugar, pasaba desde el taller mecánico donde dejé mi auto rumbo a mi casa. ¿Que tal?

–Para mí –dijo Carlos–, todo cierra perfectamente.

Capítulo XIV

El hombre caminaba con paso vacilante. Se había tomado varias –no podría decirse cuántas– botellas de vino blanco. Se sentía francamente mal y caminar ya le costaba bastante cuando sintió, justo detrás de él, el chasquido del estilete.

Se detuvo y apoyó una mano contra la pared para volverse y ver hacia atrás. Fue entonces cuando sintió el golpe en el pecho, junto con ese gusto como a sangre en la boca. Frente a él malvió una sombra. Era el hombre que lo estaba matando.

El otro imprimió un movimiento de giro a su muñeca, separando el corazón de su víctima de cava y coronarias. Con la mano izquierda le tapaba la boca para evitar un grito imposible.

El muerto cayó al suelo desmadejado, contenido a medias por el otro, que no quería ruidos. Rápidamente su mano izquierda hizo aparecer una bolsa de plástico donde guardó, después de limpiar la sangre con la ropa del muerto, el estilete debidamente cerrado. Una tras otra todas las pertenencias del finado fueron a dar a la misma bolsa de plástico.

Cuando terminó de quitar todo al cadáver, dejando sus bolsillos hacia afuera, se incorporó alejándose del lugar con pasos largos y veloces, caminando contra la pared, hasta desaparecer. Nadie lo había visto.

Muerto, boca arriba en la vereda, Gregorio miraba al cielo con su único ojo muy abierto.

Capítulo XV

Para Raúl empezaba una lucha interior enconadísima entre culpas y razón. Criado en un hogar profundamente católico, el devenir posterior de su vida, los terribles acontecimientos que debió protagonizar, fueron erosionando su fe y despertando en él razonables dudas sobre las cuestiones de índole espiritual.

Pero ahora ya no existían dudas. Esto era un sacrilegio. Lisa y llanamente un acto sacrílego. Ya no se trataba de un hecho condenable pero que, confesión mediante, Dios y la Patria absolverían.

Esta vez el hecho condenable se había cometido en una mera actitud plutólatra, en aras de una promesa remuneratoria, y ni siquiera lo angustioso de su situación económica acallaba las acusaciones de su conciencia. Para Raúl, el sacrilegio se había tornado su "medio de pan llevar".

Renuente a la confesión, creía que había sólo una persona en este mundo en quien descargar toda esa culpa y desorientación: Carlos, su amigo y camarada.

Si bien había recibido una formación similar a la de Raúl, hacía años –desde antes aun de separarse del

Ejército– que Carlos había dejado de ser eso que suele llamarse "católico practicante". Era indudable que ante la misma circunstancia Carlos tendría muchos menos escrúpulos y pruritos que Raúl.

Esa noche, mientras caminaban desde el departamento de Carlos en dirección –para variar– a La Biela, Raúl fue largando todo aquel denso entripado.

–Decime, ¿vos te acordás cómo andaba yo cuando volvimos de Malvinas? –lo atajó Carlos.

–Claro que sí... ¿Cómo me voy a olvidar? –contestó Raúl.

–Bueno, fuiste vos el que con afecto y humor, además de una infinita paciencia, pudo sacarme de una crisis depresiva que me estaba llevando derechito a la boleta –decía Carlos llevando del brazo a su amigo–. Y ahora te estoy viendo con los mismos berretines de mierda que me agarraban a mí en ese entonces, y sabemos que todo eso es de lo más jodido porque no vas a encontrar jamás un juez más cruel que vos mismo a la hora de juzgar tus actos.

–¿Y qué querés qué haga? –preguntaba Raúl.

–Primordialmente que dejes de masoquearte, que no sigas jodiendo con cargarte de culpas. ¡Y que pienses más pragmáticamente! Mirá hermano –seguía diciendo Carlos–, lo que hicimos es inconfesable, si querés podemos decir que es vergonzante, pero sin esa guita hubiéramos tenido que olvidarnos de poder habilitar la Agencia, dejando a nuestra gente en bolas. Yo hubiera perdido mi departamento y vos el tuyo, y sólo Dios sabrá cuántas calamidades más hubiera arrojado la malaria inclemente sobre nuestras pobres cabecitas.

–¿Y vos no sentís ninguna culpa?

–Sí. Pero una sola. Me reprocho haber permitido que vos le amputaras las manos al cadáver sabiendo que eso iba a joderte, en vez de hacerlo yo, que me cago setecientas veces en Perón y en su memoria. ¡Y no me llames hereje!
–¡Te juro que te envidio! –admitió Raúl.
–Además yo miro todo esto desde el punto de vista de una teoría absolutoria que arroja de mí hasta el último resabio de culpa por el expolio del cadáver.
–Entonces participame de tu teoría –pidió Raúl.
–¿Te acordás de París? –preguntó Carlos.
–Sí, por supuesto. ¡Qué ciudad magnífica!
–¿Te acordás de aquellas salas dedicadas al Antiguo Egipto que visitamos en el Louvre? –siguió preguntando Carlos–. ¿Te acordás cuando estando en cana en Londres unos ingleses nos llevaron a conocer el Museo Británico?
–Sí. Me acuerdo, pero lo que no veo es dónde mierda querés ir a parar con todo eso –dijo Raúl intrigado.
–Bueno, vos tenés que pensar que todo eso que se exhibe orgullosamente en todos esos lugares, también fue robado de tumbas profanadas por unos hijos de puta como nosotros que a costa de turbar la paz y el descanso de los pobres faraones lograron dinero, fama y renombre. La diferencia con nosotros es que no queremos ni la fama ni el renombre. El dinero, sí.
–¡No me jodas! ¡Eso es falsa mayéutica! –protestaba Raúl, indignado ante la teoría– ¡Vos sabés que esto es otra cosa!
–Pensá... Un faraón era algo así como un presidente, ¿no?
–Sí, ¿y con eso qué hay? –desconfió Raúl.

—Que nosotros le reventamos la tumba a uno que vendría a ser como un triple faraón. ¿Te das cuenta? Carlos consiguió lo que quería. Raúl, muy a pesar suyo, se reía sin poder parar.

—¿Sabés que Menéndez Coghlan me dijo algo parecido?

—Siempre te dije que ése era un tipo piola —respondió Carlos, satisfecho con el cambio operado en Raúl—. Vení, vamos a La Biela, a ver si encontramos un par de samaritanas que restañen nuestras heridas y calmen nuestra sed.

—Vamos —aceptó con ganas Raúl—, pero no me hagás varear bagayos como hacés siempre...

—Tenés razón. Vamos a enunciar unas condiciones que, sí o sí, deberán reunir nuestras acompañantes de esta noche.

—Y... ¿Cuáles serían esas condiciones? —volvió a desconfiar Raúl.

—Elemental, che. Que sean mayores de doce años, menores de ochenta.

Sentados a una mesa de ubicación privilegiada, Carlos recorría incansable el salón con su mirada buscando alguna posible presa.

—¡Me cago, che! O son muy viejas o tienen un terrible guardabosque al lado. ¡Qué joda!

—Pará Carlitos, no seas ansioso. Ya van a llegar...

—Sabés Raúl, volviendo a lo otro, el hecho de que no hayan puesto esas banderas de mierda en las ventanas me alivia, me tranquiliza. ¿A vos no?

—Sí. Era muy tentadora la guita, pero era seguir haciendo de este moco algo cada vez más peligroso. Mirá, me alegro de que sea así.

En una mesa cercana, de la que acababan de irse dos vejestorios, se instalaron dos damas de muy buen ver. Carlos sonrió con aquiescencia. Se reacomodó en su butaca y llamó al mozo.

El perfume de las señoras le expandía las narinas y volvía a experimentar esa maravillosa sensación sólo conocida por el cazador en presencia de la presa.

Capítulo XVI

El taxi venía por Paraguay y se detuvo al llegar a Florida. Martín Menéndez Coghlan bajó pensando cuán explicable era la incomprensión entre los seres humanos. El conductor del taxi, un tipo simpático y charlatán, se empeñó a lo largo de todo el viaje desde Belgrano en llevar la conversación por el lado futbolero, asignatura de la cual su pasajero no entendía un pito. Ni tampoco le importaba. Martín, mientras tanto, intentaba dar a la charla un corte político, descubriendo que para el chofer la política era más o menos lo mismo que para él el fútbol. Completaron el viaje sin que uno comprendiera al otro pero, eso sí, hablando de lo que se les daba la real gana.

Todavía era algo temprano para acudir a su cita con Reto, así que decidió meterse a hacer tiempo en el Florida Garden. Se sentó a la única mesa vacía que quedaba en la planta baja. Llevaba en la mano un portafolios de suela que colocó cuidadosamente sobre la mesa, seguro y a la vista. Se acercó el mozo –un viejo conocido de sus tiempos de habitué de ese lugar–, y luego de los consabidos saludos le alcanzó un café doble con crema fresca, sin azúcar, como siempre.

Habían pasado años desde su última visita a esa confitería y todo parecía seguir igual. Pero no era cierto. Todo era distinto. Él también. Dejó que la nostalgia acercara recuerdos como un intento de anestesiarse el alma, pero no era tan fácil. De repente se sintió –se descubrió– solo. Estaba solo de toda soledad.

Toda la gente que conocía llevaba una vida organizada a contramano de la suya. Sus amigos y camaradas vivían plácidamente en familia o se habían convertido en unos alcohólicos irredimibles. Él, ajeno a ambos grupos, parecía pertinazmente aferrado a ese rol de aventurero solitario que en algún momento creyó haber elegido.

Pensó en su ex-mujer con la cual, alguna vez, ansioso y expectante, se había citado en ese mismo sitio. Ahora ella había recompuesto su existencia, y además era feliz. Lo merecía.

Cuando su hijo varón lo llamó para hacerle saber que quería pedir la baja del Liceo para concluir su secundario en cualquier Colegio Nacional, y que además quería ser arquitecto y no militar, sintió que se adelgazaba aún más aquel ya delgado vínculo que los unía.

Algo similar le hizo sentir su hija el día que le anunció que iba a casarse con el psicoanalista aquél, ése de apellido tan raro y costoso de pronunciar.

Ambos, hijo e hija, vivían en sendas casas amplias y confortables que él oportunamente les había regalado para que se instalaran sin sobresaltos cuando fueron recién casados.

Ellos, a su tiempo, habían agradecido el regalo con esa frialdad amable que Menéndez Coghlan, a veces con bronca y siempre con dolor, había finalmente aprendido a aceptar. Ahora, ocupados en la felicidad de sus familias, era muy poca la pelota que daban a ese padre de quien –creían– no debían esperar nada más allá de una visita fugaz y dinero.

Era en este momento, cuando estaba a un paso de tener una fortuna, que empezaba a adquirir la inexorable certeza de que lo esperaba una vejez solitaria. Sabía que no podía "comprarse" una familia, y que la relación con sus hijos estaba estragada más allá de toda chance de una recomposición sincera.

Intuyó que lo único que le restaba era continuar con su actitud aparentemente cínica para con la vida, dándose todos los gustos imaginables en tanto su salud se lo permitiera y luego, cuando la cosa ya no diera para más, procurarse un final elegante y con el menor sufrimiento posible, dejando su fortuna a sus nietos.

"Quién sabe... –pensaba, camino a su cita con Reto, con su portafolios fuertemente asido– a lo mejor a alguno de mis nietos se le da por meterse al Colegio Militar... ¿Por qué no?"

Reto ya estaba ahí, acodado a la barra del Grill frente a un balde donde se enfriaba, discretamente envuelta en una servilleta, una botella de Dom Perignon.

–¡Mi querido Martín! ¿Cómo estás?

–¡Reto! ¿Qué tal tu viaje?

Los dos hombres se confundieron en un fuerte abrazo. Repentinamente notaron algunas cosas: que era la primera vez, en muchos años de conocimiento, que iban más allá del formal apretón de manos. Que era la primera ocasión en que prescindían del "usted" para pasar a tutearse confiadamente, y que además de los "negocios" los unía un recíproco afecto.

–¿Algún inconveniente, algo más allá de lo previsto?
–Bueno... Me quedó un cabito suelto pero es algo que ya solucioné personalmente. Ahí traje las "piezas" –dijo Martín señalando con la mirada el portafolios de suela que reposaba en el suelo junto a la barra.
–Sobre ese "cabito suelto", ¿tenés que contarme algo?
–No. No es necesario –dijo secamente Martín–. Además prefiero no hablar del asunto que, insisto, solucioné personalmente.
–Como quieras –aceptó el suizo–. Creo que esto debe haber alcanzado su temperatura ideal –agregó, haciendo una seña a Manuel para que abriera la botella–. No quise destaparla hasta que llegaras.
–Carajo, ¿será posible que me eches en cara tres minutos de demora?
–No seas tan susceptible. Soy suizo pero no fanático –rió Reto alcanzando una copa con champagne a su invitado–. Brindemos.
–¡Salud, Reto! ... ¡Por el *happy end*!
–¡Eso mismo! –dijo Reto entusiasmado– ¡Por el *happy end*!

Siguieron pegándole parejito al Dom Perignon y charlando sobre cualquier cosa que no guardase relación alguna con el asunto que los ocupaba. Nadie en su sano juicio hubiese podido conjeturar, a la vista de ese par de caballeros en distendida charla, que ese portafolios de suela, indolentemente apoyado en el

Las manos de Perón

suelo, entre los pies de ambos, albergaba las manos despojadas al cadáver del general Perón.

En ese momento fue cuando la vio. Ella acababa de entrar y el mozo la ayudaba a quitarse el abrigo. Era una mujer de gran belleza. Alta y espigada, de unos treinta y cinco años. El pelo, que más que rubio era dorado, estaba recogido en un rodete sobrio y elegante que hacía un marco perfecto para una cara también perfecta.

O por lo menos perfecta le pareció a Menéndez Coghlan, que bruscamente perdió interés en todo aquello que no guardara directa relación con la dueña de aquellos fantásticos ojos verdes.

Ella se sentó en uno de esos sofacitos adosados a la pared, cerca de la entrada, y cruzó un par de piernas largas y bien formadas. Tenía las manos desnudas: sus únicas alhajas eran un Rolex combinado y una cadena con un crucifijo que lucía al cuello.

–Reto... ¿viste "eso"?

–La estoy viendo por el espejo... ¡Qué magnífica mujer!

Menéndez Coghlan pidió otra botella para relevar a la primera que ya tocaba a su fin.

–Mientras el champagne se enfría y vos pedís algún bocado para picar –dijo Reto alzando del suelo el portafolios– yo voy a guardar bien esto y vuelvo. ¡Ojo! –agregó con aire divertido–, no le hagás ninguna morisqueta a la rubia que si te portás bien, en una de ésas, te arreglo la noche.

Cuando llegó a su habitación cerró la puerta con llave y se aseguró de que las cortinas estuvieran corridas.

Sacó del portafolios el macabro contenido. Colocó las dos manos sobre una toalla, encima de una pequeña mesa, una junto a otra y con las palmas hacia arriba.

Del placard extrajo un aerosol sin ninguna etiqueta con el que roció generosamente los despojos. La sustancia despedía un olor dulzón, vagamente almizclado pero no desagradable.

Concluida su tarea el suizo guardó todo en una caja de seguridad que había alquilado y hecho colocar en el placard. Apagó las luces y volvió al Grill.

De pronto, para desesperación de Menéndez, irrumpió en el lugar un personaje de riguroso frac, pelo y barba color fuego, anteojos muy gruesos, que se zambulló en brazos de la rubia. El personaje, pasadas las primeras efusiones, se sentó junto a ella y juntos empezaron a mantener una charla animadísima.

En ese momento Menéndez, tan intrigado por el aspecto del tipo como furioso por su presencia junto a la rubia, decidió consultar a quien inexorablemente conocía vida y milagros de los parroquianos: a Manuel.

—Manuel —dijo al barman—, ¿quién es el tipo ése de frac? ¿Lo conocés?

—Sí señor Menéndez, lo conozco —respondió Manuel—. Es Julius Kowalski.

—¿El violinista?

—Sí. Da unos conciertos en el Colón, y la dama... —agregó Manuel sonriente—, porque sé hacia dónde va usted, es la hermana, y vive en Buenos Aires.

—Manuel, ¡usted sí que es un amigo!

—Siempre a las órdenes.

Al llevar nuevamente su vista hacia la mesa de sus desvelos, no pudo menos que sorprenderse. Reto, de regreso en el Grill, estaba saludando a la rubia con un versallesco besamanos mientras el violinista, de pie junto a él, lo presentaba a su hermana, apoyando su mano sobre el hombro del suizo como grandes amigos. Cuando Reto se volvió hacia él con su mejor sonrisa, llamándolo a la mesa, sintió que todo había vuelto a encajar maravillosamente en su vida.

En la charla que siguió a las presentaciones ni Menéndez ni la rubia se sacaron de encima los ojos ni por un instante. Martín pudo enterarse de que los dos hermanos eran argentinos y que al separarse los padres cuando ellos eran todavía niños de corta edad, Julius se marchó a Suiza con su padre, recientemente fallecido, mientras que ella –Alizia– siguió viviendo con su madre en Buenos Aires. Ahora, después de varios años y gracias al ciclo de conciertos de Julius en el Colón, volvían a encontrarse.

–Bueno –interrumpió el violinista mirando su reloj– es hora de mi concierto. Desde ya descuento que ustedes nos acompañan, ¿no es cierto?

–Por mi parte más que encantado –contestó Menéndez– pero, ¿conseguiremos entradas?

–¡A Julius Kowalski nadie va a negarle dos entradas en "su" Teatro Colón! –alardeó el virtuoso–. Espérenme en el coche mientras subo a buscar el violín.

Capítulo XVII

Durante el intervalo, Reto y Menéndez Coghlan charlaban frente a sendos pocillos de café en la confitería del Teatro mientras esperaban a la bella Alizia, que estaba visitando el toilette.
—Mi querido Coronel –bromeó Reto–. Estás flechado como un cadete.
—Ya te dije que no soy más coronel.
—OK, pero estás flechado como un cadete. ¡Y no es para menos!, esa mujer, además de ser lindísima es encantadora.
—No seas malo, Reto. Admito que me gusta y...
—Entonces aprovechá esta noche –cortó el suizo– y la siguiente, porque pasado mañana hay vuelo de Swissair a Zurich. ¡Y nos vamos los dos en ese vuelo!
—¿Cómo?
—Lo que oíste. Ahora no hablemos, que ya vuelve Alizia. Te espero mañana a las nueve en el Garden y te cuento todo durante el desayuno.
—Después del concierto quiero invitarlos a comer al Ligure. Después vos te llevás al colorado para el Plaza, así yo acompaño a la hermana. Me queda de paso..., ¿viste?

—No sé sí me admira más tu lentitud o esa proverbial timidez...

—¿Me extrañaron? —preguntó Alizia que llegaba envuelta en una fragante nube de First.

Como era de suponer ambos caballeros se pusieron inmediatamente de pie rivalizando en arrimar su silla, mientras ella se sentaba a la mesa.

—¿Qué les parece el concierto? —preguntó Alizia.

—Considero a tu hermano el mejor intérprete de Paganini hoy en día. Pero, ustedes como argentinos sabrán disculparme, creo que Barenboim no es la batuta más adecuada. Tuve el gusto de asistir hace poco a un festival en Gstaad donde tocó el N° 1, igual que hoy, pero dirigido por el mismo Lysy, y me pareció superlativo.

—Yo tengo un CD —intervino Martín— donde interpreta a Mendelssohn con la London Symphony, dirigido por el mismo Julius, y creo que es una maravilla, pero nada se compara con verlo en escena personalmente.

—Yo —confesó Alizia— colecciono todas sus grabaciones con fanatismo de hermana. ¡Me parece sencillamente maravilloso!

—Están llamando a la sala —acotó Reto—. Vamos, que no quiero buscar mi butaca en la oscuridad.

Terminada la segunda parte del concierto fueron los cuatro a comer al Ligure. Muchas de las personas que cenaban en el restaurant, habían asistido también al Colón, así que la mesa de Martín fue el centro de atracción.

La música fue el tema dominante durante la comida y después, tal como Martín esperaba, Reto se fue con el violinista. Martín y Alizia quedaron a solas. Ni bien el virtuoso y el banquero se alejaron en su taxi dejándolos en la puerta de Ligure, Martín invitó a Alizia a tomar café y cognac a la barra del Socorro.

A poco de conversar Martín descubrió –y ella también– que la charla íntima los hacía sentir como viejos conocidos, confirmando las expectativas suscitadas tras el primer vistazo. Por eso a ambos les pareció tan natural continuar la velada en el departamento de Martín.

Algunas horas después, a las nueve de la mañana, Martín, recién afeitado y bañado, oliendo a Eau Sauvage, hacía su entrada triunfal en el Florida Garden.

–Me alegro de no haber hecho ninguna apuesta –dijo Reto divertido, sentado frente a su desayuno aún sin tocar–. Hubiera jugado cualquier cosa a que te venías con la misma ropa de anoche y sin afeitar.

–¿Vos sabías que la gente malpensada se va para el infierno?

–Pero Martín... –repuso Reto riendo–, creo difícil que yo alcance el Paraíso, por mejores pensamientos que llegue a tener...

–Vos sabrás –dijo Martín mojando la punta de una medialuna en su taza de café con leche–. Contame eso de mi viaje a Zurich, que me tenés intrigado desde anoche.

–Ya te dije: mañana volás conmigo a Zurich.

–¿Y para qué me querés ahí?

–Martín, no es que te "quiera ahí". Esto no es una imposición ni nada parecido. Es un favor que un amigo pide a otro. Preferiría contar con vos al momento de "retirar el premio". ¿Se comprende?

–Perfectamente. Contá conmigo. ¿Cuánto tiempo calculás que voy a estar allá?

—Pretendo liberarte de todo compromiso en menos de una semana, pero sabés que me complacería enormemente tenerte de huésped todo el tiempo que quieras —explicaba Reto—. Además podés aprovechar tu visita al banco para llevarte tu chequera. No te olvides que has pasado a ser uno de mis clientes VIP.

—Así que voy a conocer el legendario bunker donde los poderosos del mundo encanutan su oro... ¡Me fascina! —dijo Martín.

—Sí —confirmó Reto—. Y vas a conocer también el famoso sistema biométrico que, te aclaro, es único en Suiza. Te digo más Martín, los únicos que utilizan este sistema más allá de las Fuerzas Armadas y de Seguridad en muy pocos países, son los de Shearson Hamill.

—¿Los famosos *brokers* de Wall Street?

—Sí. Ellos mismos me recomendaron a los ingenieros que desarrollan el producto, que es casi un prototipo.

—Eso me hace acordar de la serie *Misión Imposible*. ¡Y me pone nervioso!

—No creo que nada te ponga nervioso... a excepción de cierta dama rubia que conozco.

—Voy a comer con ella esta noche —comentó Martín—, y a decirle que viajo mañana.

—Entonces me voy a la sucursal del banco, a ver un par de cosas. Te veo mañana a las diez en el mostrador de Swissair. Yo te llevo el pasaje.

—De acuerdo. Entonces será, si Dios quiere, hasta mañana a las diez.

—Chau... Portate bien —bromeó Reto.

Capítulo XVIII

Sentado detrás de su escritorio en Zurich, Reto miraba con ceño fruncido un ejemplar de *La Nación* de Buenos Aires. Frente a él, con el gesto tan adusto como el suizo, impecable como siempre en su sobria elegancia, estaba Menéndez Coghlan.

–No comprendo –decía Reto con evidente mal humor–. Parecía que una vez superado el incidente del sereno iba a caer el olvido sobre este asunto. ¡Y ahora aparece un grupo misterioso pidiendo rescate!

–Ese nombre, Hermes y no sé cuánto, es indudablemente una fachada, y detrás de eso debe estar la gente que, en lo material, cometió el hecho –razonaba con preocupación Menéndez Coghlan–. De acuerdo a lo que dice el diario se habrían llevado, además de lo pactado, el sable de Perón y el poema ése. Tengo que viajar a Buenos Aires y hablar con mi contacto.

–Antes terminemos con lo nuestro –dijo el banquero alargando a Menéndez Coghlan el mismo portafolios que éste le había entregado, días atrás, en el Grill del Plaza–. ¡Vamos!

Instantes después llegaban al tercer subsuelo del banco. Dos hombres uniformados y armados, que vigilaban el palier al que daban dos ascensores y una escalera, saludaron a Reto con aire casi reverencial, mientras desde lo alto de un ángulo una cámara de seguridad barría morosamente el recinto. Había dos puertas. Una, de gruesos y brillantes barrotes de acero y custodiada desde adentro por otro guardia, era sin duda la salida de la bóveda. La otra, de madera lustrosa, con cristal repartido, fue abierta sin llamar por Reto quien, con un ademán, hizo pasar a Menéndez delante suyo.

Era una elegante oficina, casi lujosa. A la derecha de la puerta de madera había una segunda de barrotes. Era el acceso a la bóveda y a su lado, adosada a la pared, se veía una extraña consola que de inmediato llamó la atención de Martín. En seguida se imaginó de qué se trataba. Justo debajo de la consola asomaba de la pared un pedal, y frente a la consola, arriba de la entrada, la consabida cámara de seguridad.

Un gran escritorio ocupaba el centro de la habitación, sobre el cual se veían dos monitores de buen tamaño y, sentado detrás, un funcionario de unos treinta o treinta y cinco años, de ralos cabellos color paja, ojos chiquititos y juntos, de un celeste tan claro que casi parecía translúcido. Llevaba anteojos bastante gruesos y un traje que pese a ser evidentemente de buen corte, no alcanzaba para dar al funcionario el calificativo de elegante.

Menéndez no pudo evitar pensar que el traje, al igual que la excelente corbata, eran prestados.

Una vez sentados frente al escritorio en dos confortables butacas, y luego de rechazar las propuestas

Las manos de Perón

de té o café del atento y nervioso funcionario, Reto comenzó a buscar ansiosamente en sus bolsillos algo que evidentemente no podía encontrar, y pidió al funcionario –llamado Hans– que lo comunicara con su secretaria a quien le indicó que dejara pasar a su despacho a Hans, ya que éste debía alcanzarle algo que él se había olvidado allí.

Reto dio al funcionario una pequeña llave, explicándole que abría el cajón del lado izquierdo de su escritorio. Allí debía buscar en un pequeño sobre de papel manila unos microfilms en negativo de 6 x 6, y traerlos con la debida discreción.

En cuanto la puerta del ascensor se hubo cerrado con Hans dentro, Reto se ubicó de un salto detrás de la modernísima computadora del escritorio. Tecleó febrilmente unos segundos.

–¡Martín! –dijo enérgicamente Reto mientras trabajaba–, dígame cuando la cámara llegue al rincón opuesto a la consola. ¡Ojo!

–A la cuenta de tres... –avisó Martín–. Uno... Dos... ¡Tres!

Reto dio la vuelta al escritorio y abriendo el portafolios extrajo las manos que se conservaban perfectas gracias al efecto del misterioso aerosol. Habían recuperado además, en palmas y yemas, la turgencia original, sin pliegues ni arrugas.

–Menéndez –dijo imperativamente al argentino, que no sin asombro lo miraba hacer–, vigile la puerta. Si alguien se acerca, tosa fuerte y ponga su mejor cara de boludo –agregó, abandonando del todo el tuteo.

Con movimientos rápidos y precisos Reto colocó la mano derecha del cadáver bajo su brazo izquierdo,

llevando en la mano izquierda la otra. Se ubicó frente a la consola, observó por un instante el teclado numérico –similar al de cualquier teléfono–, las diez pequeñas ventanas encristaladas, y tecleó velozmente seis números: 1-7-1-0-4-5. Las ventanitas se iluminaron con una luz roja puntual y la consola emitió un leve "bip".
–¡Reto, vuelve la cámara!– previno Martín.
–No importa. Me tomará de espaldas sin que se vea nada, pero no puedo aparecer con las "piezas" en la mano.

Reto apoyó firmemente las manos de Perón sobre la consola, cuidando que la yema de cada dedo coincidiera con la correspondiente "ventanita". Luego oprimió el pedal que ordenaba a las cámaras iniciar la lectura. Segundos más tarde un "bip" avisaba el fin del reconocimiento de las huellas.
–¿Dónde está la cámara? –preguntó ansioso.
–Acaba de pasar hacia la otra punta –respondió Martín.

Alargando el par de manos muertas al argentino, Reto le dijo perentorio: –Guárdelas. Rápido.

Menéndez Coghlan guardó prontamente los despojos en el portafolios, tal como habían venido, mientras empezaba a sonar el teléfono sobre el escritorio. Reto atendió y mantuvo una breve conversación en su enrevesada lengua y volvió a tipear nerviosamente algo breve.
–Martín, ¿vio lo que yo hice en la consola?
–Sí. Perfectamente.
–Entonces párese ahí y marque en el teclado un número de seis dígitos que no sea su cumpleaños ni nada

parecido... ¡Ya, carajo!, que va a volver el pajarón éste... Ahora apoye sus manos como hice con las del muerto... Apriete el pedal y sosténgalo hasta que el "bip" avise... Listo, ya está. Ahora siéntese ahí otra vez –ordenó Reto señalando la butaca frente al escritorio, mientras volvía a ubicarse tras la computadora.

En ese momento unos golpecitos discretos en el entrepaño de la puerta anunciaban el regreso de Hans con el famoso sobrecito de papel manila. Reto se lo pasó ceremoniosamente a Menéndez Coghlan quien lo introdujo cuidadosamente en un bolsillo, como quien guarda algo importante.

–Discúlpeme Hans –dijo sonriente Reto–, pero durante su ausencia aproveché el tiempo para registrar al ingeniero en nuestra "máquina infernal" como titular de una cuenta. ¿Por qué no se fija usted, a ver si todo está en orden? Ingeniero, por favor, repita la operación en la consola, ¿puede ser?

Martín volvió a la consola y repitió cada paso. Marcó su número, apoyó las manos cuidadosamente y oprimió el pedal hasta oír el "bip".

Hans encendió el otro monitor, tecleó algo y segundos después apareció en la pantalla una huella dactilar. Volvió a teclear y otra huella apareció en el monitor principal. Durante un momento observó con atención ambas huellas, luego marcó *shift* y otra huella apareció en ambas pantallas. Siguió así, y en breves segundos las diez huellas fueron cotejadas.

–¿Abro la caja, ingeniero? –preguntó Hans a Martín, mientras le decía a Reto–: Esto está mejor que si lo hubiera cargado yo.

Reto y Martín se dirigieron hacia la puerta de barrotes, sobre la cual se había encendido una luz roja que parpadeaba indicando que la bóveda estaba siendo ocupada.

–Hans, yo voy a acompañar al ingeniero y enseñarle la ubicación de su caja. Ya volvemos. Martín, vamos, empuje nomás la puerta.

–Listo –dijo el argentino entrando a la bóveda con el portafolios.

Era una habitación de unos diez metros por diez, y unos tres y medio de alto. En las paredes, una junto a otra, podían verse las puertas de numerosas cajas de seguridad. Las de la hilera más baja, de un metro de altura por casi un metro y medio de ancho, parecían ser las más grandes. Hacia una de éstas, en la que parpadeaba una luz verde intermitente, se dirigió raudo el suizo. Sacó una tarjeta magnetizada del bolsillo –la llave maestra en poder del banco– y la deslizó velozmente por la ranura de la puerta del cofre, junto a la luz verde. Se oyó un suave zumbido y un leve ruido de metales desplazados liberó la cerradura.

Reto abrió la puerta, y un olor a encierro salió de la caja. Menéndez Coghlan se estremeció a pesar suyo. Dentro de ese cofre, ocupando prácticamente todo el espacio, había siete valijas de cuero negro, grandes.

–Reto –preguntó Martín–, ¿esto cómo se cierra?

–Así, estilo argentino –respondió el suizo pateando la puerta que se cerró automáticamente–, y se abre únicamente desde la computadora, previo cotejo de las huellas. El guardia tiene en su poder otra tarjeta y le abrirá la puerta a su solicitud.

Reto tomó al argentino del brazo y con una sonrisa se despidieron del amable Hans, que al verlos salir, supuso que algo extraño habría estado haciendo el banquero por ahí, pero que eso no era para nada de su incumbencia.

–¡Por Dios! No entiendo nada –dijo el argentino no bien se cerró el ascensor.

–Ya te explico, no seas ansioso –rió el suizo palmeándole la espalda–. Ahora tenés una cuenta numerada –agregó, retornando el tuteo.

–¿Tengo?

–Sí –contestó el banquero dejando el ascensor para cruzar con rápidos pasos el suntuoso palier que daba a su despacho–. Adelante, amigazo Menéndez. Mientras Hans buscaba afanosamente en mi escritorio un sobre sin importancia, aproveché para dar de baja la cuenta de Perón, borrando toda referencia tanto de esa cuenta como de la anterior, la de los alemanes que trajeron las valijas. Como verás yo no podía andar abriendo una caja con un par de manos que no tienen a alguien detrás, ni quedarme solo y con la máquina de Hans encendida. Ahora esa caja de seguridad corresponde a una cuenta a la cual tenés acceso vos solamente, de la que nadie en este mundo tiene la menor noticia.

–¿Y si Hans hubiese apagado la máquina antes de salir?

–¡Imposible! Jamás un funcionario de la banca suiza tendría una descortesía semejante para con su presidente...

–Pero –insistió machacón el argentino–, ¿y si hubiese sido descortés?

–No sé, "ya le habríamos encontrado la vuelta", como dicen ustedes.

Relajados festejaron la ocurrencia del suizo, mientras éste ordenaba café y cognac, que un mozo digno de Buckingham sirvió en una pequeña mesita colocada entre dos butacas, junto a la amplia ventana que daba sobre la ajetreada Banhoffstrasse.

–Por favor, llená y firmá esta tarjeta –dijo el banquero entregando al argentino una ficha de las clásicas en la apertura de cuentas bancarias.

Mientras Menéndez llenaba su ficha, Reto dio algunas indicaciones en alemán desde la puerta entreabierta de su despacho. Momentos después una elegante y discreta secretaria recogía la ficha firmada por Menéndez Coghlan y le entregaba la chequera correspondiente a la cuenta que Reto había dejado abierta a su nombre antes de viajar a Buenos Aires.

–Realmente, tu banco sí que entiende aquello de "atención al cliente".

–Es que ahora has pasado a ser un cliente más que especial –le contestó con sorna el banquero–. Mirá Martín: Zurich nos regala una mañana sensacional, algo bastante infrecuente por aquí. Además yo debo trabajar durante un rato, digamos una hora. Te sugiero que te sientes a esperarme en la vereda del Sprüngli, a tomar una taza del mejor chocolate del mundo.

–Chau –se despidió Menéndez dejando solo al suizo.

Sentado a una mesa en la vereda del Sprüngli, al saborear su taza de chocolate no pudo dejar de coincidir con Reto en que ése era el mejor chocolate que había probado en su vida. El sol se dejaba caer con bastante

Las manos de Perón

timidez, como es habitual en Zurich a esa altura del año, pero para Menéndez Coghlan, que venía del inhóspito invierno porteño, era una bendición. Repantingado en su sillón, entre sorbo y sorbo de chocolate, se entregó a la molicie.

Más que mirar a la multitud de suizos que pasaba frente a él, todos con cara de enchufados y caminando ligerito, dejó vagar su mente que lo llevó sin demasiadas vueltas a Buenos Aires, haciendo inevitable aquella famosa comparación entre la mujer porteña y las demás. Menéndez se preguntó si existiría alguna estadística sobre cuántos varones suizos eligen mujeres extranjeras a la hora de casarse.

Siguió "viajando", relajado y mirando distraídamente el mundo circundante, y en cuanto quiso darse cuenta su pensamiento le había traído la imagen de Alizia. Pensó cuánto le hubiera gustado que ella estuviera allí, con él. Calculando la diferencia horaria estimó que ella no habría salido aún de su casa, que debía estar desayunando, y decidió llamarla. Pagó su chocolate y a pocos pasos de allí, desde una cabina pública, marcó el número de la casa de Alizia en Buenos Aires.

El teléfono dio un sólo timbrazo, y una voz de mujer vieja, cascada y desapacible lo atendió. Sorprendido –pensaba oír la voz de Alizia– preguntó por ella casi tartamudeando.

–¿Quién habla?
–Martín Menéndez Coghlan.
–No lo conozco. ¿Trabaja con mi hija?
–No, señora –trató de ser amable–. Soy un amigo. ¿Habla la mamá?

—Sí. Mi hija no tiene amigos. Adiós —colgó bruscamente.

Menéndez colgó con cara de despistado. No sabía si estaba más decepcionado que furioso. Viendo que ya se había cumplido la hora decidió volver al banco y llamar más tarde a Alizia a su trabajo.

Reto lo recibió en el despacho con su habitual aire de satisfacción y una amplia sonrisa. Entonces abrió el portafolios sobre su escritorio, prolijamente despejado y ordenado. A Menéndez le llamó un tanto la atención ver el hogar encendido con un par de grandes leños crepitantes, a pesar del calor.

Sobre el vano de la sólida puerta de dos hojas de roble que daba a la antesala se veía una luz roja, que se había encendido cuando entró el argentino. Eso hacía saber que de ningún modo alguien podía acceder al despacho. Menéndez observó cómo Reto, con las manos enguantadas, trataba de quitar los dos anillos de los dedos momificados. Cuando lo consiguió, guardó los anillos en una pequeña bolsita de felpa, de las usadas en joyería, que volvió a guardar en un bolsillo. Puso otra vez las manos en el portafolios y lo arrojó sobre el fuego, dentro del hogar ricamente esculpido en alabastro.

Mientras las llamas comenzaban a lamer el portafolios con su macabro contenido, Reto servía de una jarra térmica dos tazas de café, alcanzando una al argentino e invitándolo con un ademán a sentarse frente a él en un confortable sillón Chesterfield de cuero suave y sedoso, algo más lejos del excesivo calor del fuego.

—Menéndez, necesito que viajes mañana a Buenos Aires y que hagas lo necesario para asegurarnos que

nunca, pero nunca más, nada ni nadie vuelva a molestarnos por el asunto que estamos concluyendo. Por la mañana, cuando abra el banco, estará en tu poder el pasaje. El vuelo sale a la tarde, así que te quedan unas horas para pasear por el Niederdorf. ¿Te gusta Zurich?
–Sí. Me gusta mucho, ¿por qué?
–Porque voy a cederte, para que lo ocupes cuando quieras y por el tiempo que se te dé la gana, un departamentito que tengo en el Niederdorf y que está bastante bien amueblado. Usualmente se lo he prestado a algunos funcionarios del banco destinados en el exterior o a algún diplomático amigo. Ahora te lo ofrezco a vos. Espero que me hagas el honor de aceptarlo.
–Desde ya te lo agradezco y lo acepto, pero contame Reto: ¿para qué mierda me querés tener tan cerca?
–Es muy sencillo, amigo Menéndez, creo que jugás bien al golf ¿verdad?
–Sí.
–También sos buen jinete, ¿no es cierto?
–También, y también me gusta la caza y la pesca, ¿y entonces?

Reto sacó de un armario disimulado en la *boisserie* una botella de Hennessy y dos copas de finísimo cristal. Generosamente servidas alcanzó una al argentino y agregó un par de leños al fuego, para volver a sentarse. Contempló pensativo su copa unos momentos, y sonriendo dijo:

–Mirá Menéndez, yo te he contado algo, muy poco, de mi vida. Pero lo cierto es que a lo largo de toda mi existencia no he hecho otra cosa, ni lo sé hacer, que juntar más y más dinero. Ahora tengo muchísimo. No quiero más. Vos ya sabés que esto de apropiarme del oro fue más que nada para sentir alguna emoción, de hacer algo prohibido, y sobre todo para poder estar seguro de que en ningún momento ese oro iría a parar en forma de indemnización a manos de los judíos, como quiere hacer mi gobierno.

—No te me pongas sentimental y antisemita como aquella noche en Munich...

—Por favor no me interrumpas, necesito hablar. Como te dije lo único que hice es juntar dinero. No me casé, no tengo hijos, no supe hacer amigos. Es muy difícil hacer amigos para un tipo obsesionado por hacer dinero. Ahora, que decido retirarme e intentar vivir, llego a la conclusión de que lo más parecido a un amigo que tengo sos vos, mi viejo Menéndez.

—Ya te pedí que no te me vuelvas sentimental —lo interrumpió el argentino—. Además sabés bien que yo te considero un amigo, no "algo parecido", como me estás diciendo.

Reto avivó el fuego con un espléndido y antiquísimo atizador de bronce. Con ayuda de una pinza del mismo juego tomó las hebillas y las anillas de la manija del portafolios. El cuero ya se había consumido pero quedaban los herrajes. Los buscó entre las cenizas y los colocó a un lado del hogar, para que se enfriaran. De las manos del general Perón quedaba nada más que un montoncito de ceniza.

—¿Cómo van tus cosas con Alizia Kowalski?

—Bien, según creo. Hoy no he hablado con ella, pero si pasado mañana voy a estar en Buenos Aires pretendo seguir con la cosa. La verdad es que me gusta.

—Y llévatela a dar una vuelta por el mundo... ¡Ahora no me vas a decir que no tenés dinero! —sugirió Reto—. Eso les vendría muy bien a los dos.

—Tenés razón —asintió el argentino—. Y después nos quedamos unos días en Zurich, jugando golf los tres.

—¿Alizia juega golf?

—Y muy bien, según me contó.

—A mí me había parecido una mujer encantadora... ¡Mirá cómo vengo a descubrir que es perfecta!

—Me temo que sí lo es, pero con un gran problema.

—¡Parece mentira, che! Entonces nadie es perfecto. ¿Se puede preguntar cuál es el problema en este caso?

—La madre, Reto, la madre. Parece que está rematadamente loca.

—Bueno, indudablemente es un gran problema, una gran desgracia, pero yo soy un convencido de que todo en esta vida tiene alguna solución.

—Espero que así sea —reflexionó lacónicamente el argentino.

Para entonces casi habían trasegado toda la botella de Hennessy, la noche caía sobre Zurich, y según Reto comprobaba, los herrajes del portafolios habían terminado de enfriarse. Tomó un sobre de papel manila de su escritorio e introdujo cuidadosamente los herrajes.

—Menéndez, ¿te gustan las pastas?

—Sí. Mucho.

—Entonces aprovechemos que la noche está lindísima y vamos caminando hasta el Santa Lucía.

—Es en el Niederdorf, ¿verdad?

—Sí. ¿Te gusta la idea?

—Por supuesto. ¡Vamos!

Fueron caminando lentamente, disfrutando de la noche, que como había adelantado el banquero, estaba lindísima. Cruzando el Limat Reto se detuvo, acodándose sobre el parapeto del puente como quien está admirando el río. Abajo el cauce repleto, aumentado por el deshielo, corría veloz y espumoso. Reto extrajo de su bolsillo la bolsa con los anillos y la dejó caer en medio del torrente embravecido. Segundos después hacía lo mismo con los herrajes del portafolios.

Siguieron caminando por el casi milenario empedrado de las callecitas del Niederdorf en medio de esa multitud variopinta que caracteriza las noches apacibles en el barrio, hasta llegar al Santa Lucía.

Cuando Menéndez estaba a punto de abandonar su lucha con la carta escrita en suizo-alemán y consultar a Reto, hizo su aparición un mozo de gigantescos bigotes tipo manubrio de bicicleta, nacido en las Canarias, y Menéndez pudo ordenar su plato en castellano sin la ayuda de su amigo.

Durante la comida la charla fue tomando un cariz intimista. Hablaron sobre su respectiva soledad, sobre los orígenes diametralmente opuestos de sus vidas solitarias, y pese a lo paradojal del asunto encontraron cierto paralelismo.

Así, entre recuerdos y vinos, fue avanzando la noche. Al ver que ya no quedaba nadie en el restaurante, Reto sacó de un estuche que llevaba en el cinturón un pequeño teléfono celular y ordenó a su chofer, que había quedado esperando órdenes en el banco, que los recogiera frente a la Ópera. Menéndez, en tanto, pidió la cuenta. Reto intentó una protesta.

–Esta vez pago yo –dijo Menéndez riendo–. Ahora soy un tipo pudiente.

Charlando y riendo, bastante achispados, llegaron frente al edificio de la Ópera donde los esperaba el chofer de Reto, que dejó a Menéndez en el hotel, para seguir luego camino a casa.

Capítulo XIX

Menéndez Coghlan, impecable como siempre, arrimó un taburete a la barra del Grill del Plaza.
–¿Champagne, Señor Menéndez? –inquirió solícito Manuel.
–No. Es muy temprano –le contestó Menéndez pensativo, acariciando su barbita gris–. Tráigame un café con un poco de crema fresca, por favor.
Esa noche iría a comer con Alizia, y eso lo ponía de muy buen humor. En unos minutos más llegaría Raúl, con quien debía hablar, y eso lo ponía de muy mal humor. O sea que cuando Raúl se acercó y le tendió la mano con gesto adusto, el humor de Menéndez estaba bastante balanceado, no era ni bueno ni malo.
"Este hijo de puta me pone cara de perro que ha volteado la olla", pensó Menéndez al responder al saludo de Raúl con un apretón de manos sin sonrisas. Además pensó que debería estar furioso con el otro, aunque realmente no lo estaba. Decidió echarle a Alizia la culpa de su bonhomía.
–Un café –respondió Raúl a la amable inquisitoria de Manuel.

—¿Con crema?

—No. Solo por favor.

—Desde ya le aclaro, señor, que toda la responsabilidad es exclusivamente mía. Mía fue la idea de pedir rescate, y mía la idea de llevarme el sable y el poema de la viuda. Yo, además, redacté y escribí la carta.

—¿Y qué carajo es eso de "Hermes *and company*"?

—Nada. Una ficción diversiva que se me ocurrió a mí, señor.

—¡Mierda! Cuánto hacía que no escuchaba esos términos —dijo Menéndez, que por fin sonreía—. Y, ¿qué pasó?

—Nada señor. La contraseña para seguir adelante con el rescate era que colocaran dos banderas partidarias en la sede del PJ en Capital Federal y no lo hicieron, así que decidí no restablecer la comunicación.

—Hubo bastante revuelo, ¿no?

—Mucho. Todos los diarios, la radio, la televisión, y las revistas cholulas dedicaron números especiales.

—¿Alguien da alguna explicación o alguna pista?

—No hay pistas. A los pocos detenidos tuvieron que soltarlos y pedirles disculpas. La Policía sospecha que hay una relación entre la muerte del sereno y este asunto, pero como el tipo murió y fue reemplazado antes de que descubrieran la violación de la tumba, no están seguros.

—Y la gente, en la calle, ¿qué dice?

—De todo. El peronismo aprovecha esto para pegarles a los radicales, sobre todo al ministro del Interior y al jefe de Policía. Además anda circulando un rumor que no puedo determinar de dónde sale...

—¿Qué dicen?
—Usted sabe señor, que 25 de Mayo está infestado de gente de la Coordinadora. El rumor, que va creciendo pero no tiene respuesta periodística, dice que fue la gente de la Coordinadora, que robó las manos para abrir con ellas una cuenta que habría dejado Perón en Suiza.
—¡Pero qué disparate! ¿Y alguien se hace eco de esa versión?
—No. Imagínese señor —iba explicando Raúl que ya había recuperado su aplomo— que el PJ no puede admitir la existencia de una cuenta millonaria de Perón en el extranjero; y los radicales, sobre todo los de la "cotinadora", rechazan furiosos el garrón.
—¿Dónde está el sable?
—Lo hice desaparecer junto con el marquito donde estaba el poema.
—¿Dónde carajo está el sable? —insistió el otro encrespándose.
—En el fondo del Paraná de las Palmas. En el centro del canal, frente a la boca del Cruz Colorada, junto con la máquina de escribir usada para escribir la carta.
—Manuel, por favor —llamó Menéndez al barman— dos copas de champagne.
Mientras Manuel servía el champagne Menéndez extrajo de un bolsillo de su sobretodo, doblado en el taburete vecino, un sobre bastante abultado y cuidadosamente cerrado con cinta adhesiva transparente. Lo colocó frente a Raúl y alzó su copa.
—Por usted y por su gente —brindó Menéndez levantando su copa y chocándola suavemente con la de

Raúl–. En ese sobre hay doscientos billetes de cien dólares. Es por las molestias. Repártalo con su gente.
–Por usted, señor –respondió Raúl al brindis–. Salud.
–¿Sabe una cosa? –le preguntó Raúl mientras caminaban hacia Florida y Paraguay.
–¿Qué, Raúl?
–Si yo hubiera tenido un jefe como usted creo que hubiera seguido en actividad.
Menéndez se rió complacido, deteniendo sus pasos al llegar a la esquina.
–Si yo hubiera tenido oficiales como usted, creo que hoy sería general.
–Bueno señor. Hasta siempre. ¿Puedo darle un abrazo?
–Por supuesto –contestó el otro abrazando a Raúl–. Hasta siempre.
Raúl siguió por Florida hacia el centro y Menéndez Coghlan se encaminó a encontrarse con Alizia.

Capítulo XX

Acababan de hacerse el amor como dos desesperados, como quien se sabe sin mañana. Menéndez Coghlan se volvió boca arriba en la cama. Hacía calor. La proximidad del cuerpo de Alizia casi lo sofocaba, pero era incapaz de alejarla. A poco la respiración de ella comenzó a acompasarse. Se había dormido. El hombre la apartó de sí con amorosa suavidad, evitando despertarla. Dejó la cama, se echó una bata liviana sobre los hombros y fue a servirse un whisky.

Sentado en un sillón junto a la ventana de su dormitorio, saboreaba su copa contemplando a Alizia en su espléndida desnudez iluminada por la luna llena de enero.

Estaba satisfecho, pero no contento. Cavilaba, procurando desentrañar el aparente contrasentido de su ánimo. Estaba profundamente enamorado de Alizia pero era consciente de que la relación, más que tormentosa, se tornaba destructiva para ambos.

Siguiendo el consejo de Reto había intentado un viaje alrededor del mundo. Los dos primeros días del periplo, en París, le permitieron ratificar que —como había dicho Reto— estaba enamorado como un cadete.

Toda la felicidad terminó en mitad de la segunda noche del viaje.

El teléfono sonó a las tres y media de la mañana, cuando hacía poco que habían conciliado el sueño. La voz de la enfermera que había quedado cuidando a la madre de Alizia —irredimiblemente loca— avisaba que la anciana estaba internada en un manicomio por orden médica, luego de haber intentado suicidarse cortándose las venas con las trizas del espejo del baño. La enfermera trató de tranquilizar —dentro de lo que las circunstancias permitían— a la desesperada Alizia que a los gritos exigía regresar de inmediato a Buenos Aires, atribuyendo al viaje y a Menéndez Coghlan la actitud de su madre. Espantado, el hombre creyó ver en los ojos de la amada el mismo brillo de locura y la expresión de las facciones desencajadas de la lunática.

Pasar la noche juntos era para Alizia algo impensable. Hablar de internar a la mujer insana era desatar una tragedia. Resultaba imposible hacer comprender a Alizia que la salud mental de su madre la convertía en un peligro, no sólo para sí misma, sino además para ella.

Menéndez había consultado con especialistas amigos sobre la terrible alternativa de que la locura de la madre fuese heredada por la hija y ninguno de los consultados se atrevió a emitir un dictamen categórico en uno u otro sentido.

Por otra parte Alizia tenía ahora treinta y cinco años. En pocos más seguramente entraría en la menopausia, y algunos médicos le habían advertido que las consecuencias de ese desequilibrio hormonal eran impredecibles. El hombre se sentía enamorado, se sabía también intensamente correspondido, pero sabía también que empeñarse a su edad en llevar adelante una relación como ésa asumía dimensiones de suicidio. Adquirió, además, la certeza de que tenía muy pocas posibilidades de terminar definitivamente la relación si continuaba viviendo en Buenos Aires. Así, mientras contemplaba el cuerpo de la mujer querida a la que en instantes debería despertar y devolver a su casa, decidió que al día siguiente se ocuparía de la venta de su departamento y su auto y repartiría el producido entre sus hijos. Al varón le regalaría la lancha, sabía que le gustaba, y por otra parte tenía la esperanza de recibir de ellos alguna muestra de afecto.

Capítulo XXI

Buenos Aires, noviembre 23 de 1988

Días después, sorprendido y decepcionado por la gélida acogida que sus hijos dispensaran al legado, congratulándose por no haber dicho ni una palabra a nadie acerca de la caja de seguridad ni sobre el oro, Martín anunciaba –no sin dolor– su decisión de romper con Alizia. Ante la paciente resignación con que ella escuchó su adiós, Menéndez conjeturó que seguramente a lo largo de su existencia Alizia había visto varios romances truncarse por el mismo motivo.

Al dejar su departamento al nuevo propietario había colocado las cosas más personales y queridas en un baulito, que remitió a Zurich, a aquel departamento del Niederdorf cedido por Reto. Notó que carecía de todo vínculo con la ciudad que otrora había amado. Que no dejaba tras de sí ningún afecto, pero trató de no dejarse ganar por la tristeza.

Le quedaban por delante sólo unas horas antes de volar a Zurich. Martín decidió que una pasadita por el Grill sería una adecuada manera de dejarlas transcurrir.

—Una copa de champagne, como siempre —pidió Manuel—. ¿Tenés algún diario?
—*La Prensa*, ¿podría ser?
—Sí, Manuel. Gracias.
—Servido, señor Menéndez Coghlan.

La primera plana de *La Prensa* mostraba una fotografía de Alfonsín vestido con bonete y toga de doctor boloñés. Menéndez pensó que de no haber estado tan triste, esa foto lo habría hecho reír.

También informaba la muerte de Jaime Far Suau, el juez a cargo de la causa que investigaba la profanación de la tumba de Perón, empantanada sin solución ni remedio después de alrededor de un año y medio del suceso.

Tal vez, pensaba Martín, el juez habría creído aquel rumor de que las manos sustraídas serían usadas para abrir una caja de seguridad. Quizá esa hipótesis había motivado su viaje a España para interrogar a la viuda, al parecer sin resultados. Ahora el pobre tipo había sufrido, allá en el Sur, un accidente con su auto que le provocó una muerte espantosa.

Dos copas de champagne más tarde, Martín pensaba en que hubiera sido endiabladamente fácil, para quien quisiera provocar un accidente como el del Juez, inflar uno de los neumáticos con algún gas de gran volatilidad. El calor de la ruta y la afición del juez por la velocidad harían lo demás.

Menéndez Coghlan decidió llevarse el diario para mostrárselo al otro día a Reto en Zurich, durante la cena.

Capítulo XXII

Acababan de cenar en la suntuosa villa de esquí que Reto tenía en Unterwasser, un tranquilo centro de deportes invernales ubicado cerca de Zurich. Agotados, luego de un magnífico día de montaña, tomaban cognac sentados frente a la chimenea, donde unos leños ardían gratamente.

–Martín, ¿puedo ser indiscreto?
–Por supuesto que sí. ¿A qué viene la pregunta?
–¿Pero muy, muy indiscreto? –insistió Reto.
–Pero, carajo, ¿me vas a decir qué pasa?
–Martín, tu ruptura con Alizia Kowalski te tiene mal. Creo que ha sido un error. Y a tu edad el margen para ese tipo de errores se vuelve menos que escaso.
–Reto, ya te he explicado que la relación se había vuelto destructiva. No fue con gusto que decidí cortarla.
–Pero la seguís queriendo.
–Sí, pero...
–Y ella sigue adorándote –interrumpió Reto–. ¡Si estás gastando tu fortuna en teléfono! ¡La llamás todos los días!

–Sí. Pero voy a dejar de hacerlo, aunque me duela.
–¿Y qué? ¿Vas a dejar que una vieja loca te cague la vida?
–¿Y qué puedo hacer?, ¿matarla?
–Eso mismo. Matarla. ¡Y eso, para mí sería legítima defensa!
–¿Y cómo querés hacerlo? –preguntó Martín que ya estaba entrando por el aro.
–¡No! ¡Yo, no! Sos vos el que quiere hacerlo... ¿O no?
–Pero Reto... Alizia siente una adoración patológica por su madre. Si ella llegara a saber que fui yo quien la mató, la perdería para siempre.
–Entonces estarías sin Alizia, igual que ahora, pero con la inmensa satisfacción que te aportaría la supresión de esa vieja de mierda.

Reto lo miraba con esa sorna desafiante que sabía imprimir a su mirada, los codos apoyados en los brazos de su sillón y las manos unidas por la punta de los dedos.

–Hay un amigo tuyo, italiano, que estuvo con vos en África, y que gracias a tu recomendación trabaja con nuestro amigo von Manstein, mi socio. Creo que ese muchacho, Vittorio, sería el prospecto ideal para el encargo.
–Voy a hablar con él sobre el asunto –dijo Martín sin mucho entusiasmo.
–No –cortó Reto decidido–. Voy a llamarlo yo, y ahora mismo, cosa de que mañana desayune aquí, con nosotros.
–Suizo de mierda...
–Argentino indeciso –contestó el suizo, con la sorna de siempre.

—Chau. Me voy a dormir. Vos me arrastrás a los malos pensamientos —dijo Martín poniéndose de pie.

—Hasta mañana. ¡Ojo con lo que soñás! Que alguno dijo por ahí que los sueños son deseos insatisfechos.

Esa noche, sólo la sinérgica combinación del Hennessy más la benzodiazepina logró que Martín conciliara el sueño.

Ésta no era ni remotamente la primera vez que Menéndez Coghlan planeaba la muerte de una persona, pero —eso sí— era la primera vez que tenía un interés personal en la concreción de ese óbito.

En sueños visualizó a Vittorio. Estaba de pie, junto a la cama de la madre de Alizia, acogotándola con fruición. Al florentino se le caía la baba, mientras a la vieja se le saltaban los ojos.

A la mañana siguiente, al bajar al jardín de invierno, pensando en desayunar, se encontró con la mesa puesta para tres. A poco de sentarse, mientras admiraba el cautivante panorama a través de la gran bóveda encristalada, entró Reto, llevando del brazo al inefable Vittorio. Alto, atlético, eternamente bronceado y vestido con lo mejor, el italiano seguía igual que la última vez que se habían visto años atrás.

El encuentro emocionó a los dos hombres, que permanecieron un rato fuertemente abrazados, evidenciando el mutuo placer de volver a verse. Entre bromas, risas y anécdotas, divertidas y de las otras, transcurrió el desayuno.

—Caballeros, si no estoy mal informado ustedes tienen un negocio pendiente —dijo Reto, como dando por finalizado el recreo.

–No. De ninguna manera tenemos un negocio pendiente –intervino el florentino–. Yo estoy aquí porque Reto me dijo que mi amigo Martín necesita un pequeño favor, y que tenía pruritos en pedírmelo. Nunca podría confundir un negocio con un favor a un amigo.

–Creo que hay que llamar a las cosas por su nombre. Voy a explicarte –terció Martín, dirigiéndose a Vittorio–. Amo profundamente a una mujer, que me corresponde. En un momento cifré en esa relación todas mis esperanzas, pero la locura de su madre y el patológico amor que por ella siente esta mujer me hicieron considerar como única solución la ruptura. Ahora veo que estaba en un error. La solución será la desaparición física de esa vieja de mierda.

–¿Qué edad tiene la señora? –quiso saber el italiano.

–Setenta y tres.

–Las dos mujeres, ¿viven solas?

–Sí, Vittorio, viven solas. La hija, que se llama Alizia, sale a trabajar a las ocho y media de la mañana y no vuelve hasta las siete de la tarde.

Reto disfrutaba de un habano siguiendo atentamente la conversación, sin intervenir.

–La hija está fuera de casa durante más de diez horas, ¿durante ese tiempo la señora permanece sola?

–No. A las once llega una enfermera que la despierta, la ayuda a vestirse, le da de comer y se queda hasta el regreso de la hija.

–¿Siempre se despierta a la misma hora?, ¿a las once?

–Después de la cena Alizia se asegura de que su madre tome su medicación, que la mantiene profundamente dormida hasta que llega la enfermera.

—La enfermera, ¿tiene días libres?
—Si Vittorio. Tiene franco sábados y domingos, lo que nos condenaba a permanecer separados durante los fines de semana.
—Te comprendo Martín. Pero cuéntame, ¿es grande la casa en que viven?
—Es un departamento mediano, un living, dos dormitorios, baño, cocina y las dependencias del servicio. Pero te aclaro que lo que sé es lo que Alizia me ha contado. Yo jamás entré al lugar.
—¿Qué protección tienen?, ¿hay alarmas, cerraduras especiales o algo así?, ¿algún perro, o loro quizá?
—No. Cuando le entregué a Alizia las llaves de mi departamento le regalé un llavero de oro con sus iniciales. Esa noche colocamos en el mismo llavero las llaves de su casa. Recuerdo que son solamente dos, del tipo de doble paleta. Una corresponde a la planta baja, a la puerta de calle, y la otra es la del departamento —concluyó Martín.
—Si logro ingresar al departamento durante el lapso que media entre la salida de tu novia y la llegada de la enfermera —explicaba Vittorio— sin ejercer ninguna clase de violencia sobre la puerta, puedo garantizar que todo parecerá un deceso motivado por causas naturales. Un simple paro cardiorrespiratorio. A prueba de autopsias.
—Por favor caballeros, permítanme una pequeña intervención —pidió Reto—. Yo sé, por habérmelo confiado Martín, que la muchacha insistía en estar de regreso en su casa antes de la hora en que debería levantarse para concurrir a su trabajo. Hasta esa hora, cercana al amanecer, habitualmente se quedaba dormida junto a Martín. ¿Es así?

—Sí, Reto, así fue siempre, y justamente eso, el no poder pasar una noche juntos sin apremios, era una de las cosas que más me jodía la existencia.

—¿Qué posibilidades tenemos de que viajes a Buenos Aires y salgas con ella algunas noches? —indagó Vittorio.

—Todas —le contestó Martín.

—Entonces —agregó el florentino— voy a necesitar que lo hagas lo antes posible y saques, usando un sistema que te enseñaré, duplicados de las dos llaves. ¿Podrás hacerlo mientras la muchacha duerme?

—Sí. Seguro —respondió Martín mirando su reloj—. Todavía puedo.

—Entonces llámala ya. Luego seguimos conversando —dijo expeditivo el florentino.

—Dígame Vittorio —preguntó Reto cuando quedaron solos—, ¿qué posibilidades hay de que realmente parezca una muerte natural?

—¡Todas! Si todo es como lo contó Martín, hay una probabilidad en un millón de que algo salga mal.

—Ya está —dijo Martín volviendo a sentarse a la mesa—. Va a esperarme en Ezeiza. Pobre... se me puso a llorar por teléfono.

—Bueno Martín, pensá que en dos días estarás con ella y que en poco tiempo más podrán estar juntos todo el tiempo que quieran, sin que ninguna chiflada les joda la vida —sentenció Reto.

—Vittorio, ¿podés contarme cómo vas a hacerlo? —indagó Martín.

—Ustedes oyeron hablar de los indios jíbaros, ¿verdad? Bueno, hay una droga que guarda cierta relación con el curare, el famoso veneno neurotrófico. El curamata por parálisis respiratoria, y esta droga es usad[a] por los anestesistas para paralizar el diafragma en cierta[s] intervenciones "a cielo abierto". Los anestesistas usan dosis mínimas y cuidadosamente controladas. Como la respiración del paciente es asistida, una vez pasado el efecto de la droga el tipo recupera el dominio de su diafragma y todo bien. Pero si aplicamos una dosis más importante a alguien que no está bajo respiración asistida, ésta sufre, instantáneamente, un paro cardiorrespiratorio. Esta droga –siguió disertando Vittorio– es prácticamente inhallable en una autopsia. Además será muy difícil que alguien la ordene, ya que todo, pero todo, asume las características de una muerte por causas naturales. ¿He satisfecho vuestra curiosidad?

–Sí, sí –contestaron los otros dos, casi a coro.

–Además les cuento –seguía Vittorio, embalado con el tema– que si se aplica sobre la piel una anestesia de superficie, suponiendo que uno esté trabajando sobre una víctima dormida, y se utiliza una de esas agujas ultra finas llamadas "mosquito", la persona no sentirá la inyección... hasta que es demasiado tarde.

–¿Y la marca del pinchazo? –quiso saber el suizo.

–Estas agujas, bien manejadas, no producen marcas visibles, salvo al examen con una lente de gran aumento. ¿Tengo luz verde?

–Sí. Seguro –sentenció Menéndez Coghlan.

Capítulo XXIII

Martín Menéndez Coghlan entró a su hotel, subió a su cuarto y se sentó junto a la mesa de escritura. De una bolsa de plástico extrajo algunas cosas que, un rato antes, había comprado en la calle Libertad. Una de ellas era una masilla plástica utilizada en joyería para la obtención de moldes. Otra, un aerosol que contenía un producto que rociado sobre la masilla actuaba como anti-adherente. También había comprado una caja plástica con dos mazos de naipes. Dejó los naipes a un lado y roció con el aerosol el cristal que cubría la mesa. Allí extendió la masilla.

Del botiquín del baño tomó su espuma de afeitar, roció el envase con el anti-adherente, y utilizándolo como rodillo de amasar fue formando, ayudándose con un cuchillo de hoja muy delgada, una tira de masilla de medio centímetro de espesor y unos quince de ancho por cuarenta de largo.

Limpió y volvió a su sitio la espuma de afeitar, roció con el aerosol la superficie de la tira de masilla y usando uno de los naipes como plantilla, cortó cuatro pedazos de masilla del mismo tamaño y forma.

Asegurándose de que los cuatro "naipes" de masilla estuvieran adecuadamente cubiertos por el producto anti-adherente, los apiló en pares haciendo coincidir las caras rociadas entre sí.

El resultado de su labor fueron dos trozos de masilla del tamaño y forma de un mazo de naipes. Los colocó en el sitio que ocupaban los mazos verdaderos en la caja, la guardó en la cómoda, entre un par de camisas, y metió todo lo demás en la bolsa en que había traído sus compras. La guardó en el bolsillo de su abrigo, para tirarla más tarde en algún basurero de la calle, camino a su cita con Alizia.

Varias horas después, en la misma habitación, luego de esperar que el sueño de la muchacha se hiciera más profundo, Martín, con todas las precauciones imaginables, se levantaba de la cama.

Midiendo cada paso en la habitación en penumbras —habían dejado encendida la luz del baño— dio con la cartera de la muchacha. Tanteando en su interior tomó las llaves con cuidado de que no sonaran al chocar entre sí, con ese ruido tan característico que producen llaves y monedas.

A tientas también, sacó del cajón de la cómoda la caja de naipes.

Sin el más mínimo sonido llegó a la mesa de escritura, donde previsoramente había dejado una toalla antes de acostarse para amortiguar cualquier sonido de choque contra el cristal.

Se volvió para asegurarse de que Alizia seguía dormida y de que si despertaba, no le fuera posible ver qué hacía.

Abrió uno de los falsos mazos comprobando la eficacia del producto anti-adherente. Apoyó en el centro de uno de ellos una de las llaves de Alizia, apoyó sobre la llave la otra mitad, presionando fuertemente para que la llave dejara una buena impronta en la masilla. Con el cuchillo hizo unas marcas en el borde del "mazo-molde" para lograr una perfecta coincidencia cuando ambas mitades fueran enfrentadas nuevamente.

Volvió a separar las mitades del molde y sacó la llave con la punta del cuchillo. La impronta estaba perfecta. Colocó las dos mitades nuevamente una sobre otra y guardó ese molde en la caja donde habían estado los naipes.

Luego de repetir idéntica operación con la segunda llave volvió ambas al llavero, éste a la cartera de Alizia, y la caja de naipes a la cómoda. Se acostó otra vez junto a la muchacha, que dormía plácidamente. Todo había resultado tal como lo había planeado.

Menéndez Coghlan pensó que en una hora más debería despertar a Alizia para llevarla a su casa, y se felicitó por haber tomado la decisión de librarse –y librarla a ella también– de esa bruja chiflada.

Entonces empezó, con suavidad de amante, a acariciar a la mujer dormida hasta despertarla para hacer el amor una vez más antes de volver a separarse.

Martín volaría esa misma tarde a Zurich, vía Amsterdam. Llegaría el viernes. Si todo marchaba según lo previsto, el lunes podría viajar Vittorio a Buenos Aires a cumplir con el encargo.

Al llegar a Zurich, a la salida de la manga, una sonriente empleada de relaciones públicas del aeropuerto lo invitaba a pasar al salón VIP. Martín entregó a la muchacha la contraseña de su maleta, donde viajaban los moldes, y la siguió hasta el salón donde, expectantes, lo esperaban Reto y Vittorio.

Capítulo XXIV

Vittorio no conocía a Alizia, salvo a través de la abundante iconografía aportada por Martín. Pero sí había aprendido a conocer su melodiosa voz de mezzosoprano, sobre todo al atender el teléfono.

Se había preocupado durante el día anterior –el primero de su estada en Buenos Aires– de grabar esa voz en un cassette. Tenía dos versiones: una al atender el teléfono de su casa y la otra contestando un llamado en su oficina.

Y fue con la agradable voz de Alizia repiqueteando en sus oídos a través del walkman que Vittorio salió de su hotel trotando, enfundado en un paquetísimo jogging gris, a disfrutar de aquella soleada y fría mañana por las callecitas de Buenos Aires.

Trotó –como lo hacía todas las mañanas sin importar dónde estuviera– a lo largo de varias cuadras, hasta detenerse en un bar. Se acercó al mostrador, pidió una botella de agua mineral sin gasificar, no muy fría, y una ficha para hablar por el teléfono semi público cercano a la caja. Promediando su botella de agua se aproximó al teléfono y llamó, con los dedos cruzados. Instantes después, con carita de satisfecho, colgaba el aparato y terminaba su bebida.

Había sido Alizia, desde el teléfono de su oficina, quien atendió su llamado exploratorio. Es decir que la vieja debería estar sola.

Salió nuevamente a la calle, se colocó sus gafas negras de grandes cristales, se cubrió con la capucha del jogging, y siguió trotando.

Se detuvo frente a una casa de departamentos. Sacó una llave del bolsillo e ingresó al edificio. Por el ascensor llegó rápidamente al tercer piso. Sacó del bolsillo la otra llave y abrió con suavidad la puerta del departamento B.

Cerró con extremo cuidado la puerta, echando una sola vuelta de llave, de modo que la cerradura quedara bloqueada desde dentro para el caso de que alguien intentara entrar.

Un poderoso ronquido que venía del interior aventó cualquier duda que Vittorio hubiese albergado sobre si su futura víctima estaría o no dormida.

Rápidamente se echó atrás la capucha y se quitó los anteojos, que guardó dentro de un gran bolsillo con cierre de cremallera que tenía en el pecho. Del mismo bolsillo sacó un par de guantes quirúrgicos que procedió a calzarse, y unas finas pantuflas de lana que se calzó sobre las zapatillas.

Sigilosamente se dejó llevar por los ronquidos hasta el dormitorio donde la insana desgranaba el que iba a ser su último sueño barbitúrico.

Decidió no encender ninguna luz, por las dudas. La claridad que llegaba desde el cuarto de baño sería suficiente. De pie junto al lecho se inclinó un poco. El cuello, extremadamente magro, hacía resaltar venas y arterias. Vittorio apoyó un dedo en el descarnado cuello. El rítmico latir le confirmó la situación de la carótida. De su riñonera extrajo un pequeño pomo de crema anestésica y untó un poco sobre el punto que acababa de palpar. No quería que el mínimo dolor que produciría el pinchazo fuera a despertarla. Guardó en la riñonera la anestesia de superficie y sacó un estuche alargado de plástico negro del que retiró una fina jeringa llena hasta la mitad con un líquido brillante, color rubí.

Cuando la finísima aguja "mosquito" perforó la piel anestesiada y la pared de la arteria, la mujer dejó escapar un quejido, sin llegar a despertarse. El florentino tiró apenas hacia atrás el émbolo. La jeringa comenzó a aspirar sangre, confirmando que se hallaba en el lugar deseado. Vittorio le tapó los ojos con la mano izquierda mientras disparaba el contenido de la jeringa dentro de la carótida. La vieja hipó dos veces, se crispó y, sin un quejido, murió.

Con una gasa que sacó de la riñonera el italiano limpió los vestigios de anestesia de superficie que pudiesen quedar alrededor del pinchazo –que no sangró ni una gota–, y luego de cerciorarse de que la mujer estaba efectivamente muerta, guardó en la riñonera todo lo que había sacado, se quitó las pantuflas junto a la puerta, volvió a ponerse sus anteojos y la capucha, cerró desde fuera el departamento, llamó al ascensor y se quitó los guantes. Bajó, salió a la calle y se alejó trotando con su paso ágil y elástico. Nadie lo había visto entrar ni salir del edificio.

Capítulo XXV

Menéndez Coghlan se revolvía, inquieto, trajinando de arriba abajo el coqueto departamento del Niederdorf. Impaciente, sólo dejaba de observar su reloj para mirar, palpitando el timbrazo, al teléfono. Eran las cuatro menos veinte de la tarde, hora de Zurich, cuando por fin llamó el teléfono. Martín, controlando su ansiedad, lo dejó sonar cuatro veces y atendió en el quinto timbrazo.

Era el llamado que esperaba. En el otro extremo de la línea, Alizia, deshecha en hipos y sollozos, alarmantemente cerca de una crisis nerviosa, le contaba que al llegar la enfermera que asistía a su madre la había encontrado muerta en su cama. Que no, que no había sido ningún accidente, que pasó "de un sueño a otro, sin darse cuenta".

Martín trataba de interrumpir su catarsis con palabras que él creía tranquilizadoras, temiendo que ella le dijera que "parecía dormida, pobre santa", y él tuviera dificultades en contener la risa.

Cuando la notó algo más desahogada y calma le aseguró que estaría con ella en menos de veinticuatro horas, y luego de encarecerle calma y resignación cortó la comunicación para llamar en seguida al banco.

Brevemente hizo saber a Reto la situación, tomó su pequeña maleta, que ya tenía preparada, y pidió un taxi para ir hasta el aeródromo.

Indicó al conductor cómo rodear las instalaciones comerciales del aeropuerto para llegar hasta el hangar donde se guardaba el Lear jet del banco. Allí lo esperaba Reto con expresión compungida, asombrosamente creíble.

Un rato después jugaban a las cartas, cómodamente instalados en el avión que volaba con rumbo a San Pablo para repostar combustible y seguir hasta Buenos Aires.

Cuando llegaron esa mañana al departamento se encontraron con que el cadáver aún seguía ahí, pero confortablemente acondicionado en un ataúd rodeado de sillas y velas eléctricas en medio del que había sido el dormitorio de la muerta, ahora transformado, gracias a la diligente labor de los empleados de la funeraria, en capilla ardiente.

Pasado el desgarrador encuentro con Alizia, Martín y Reto fueron presentados a los dolientes, algunos primos lejanos, vecinos y compañeros de trabajo.

En un momento, mientras Alizia acompañaba a la puerta a una prima, sintió que Reto lo tomaba del brazo, susurrándole en inglés al oído:

—No sigas mirándole el cuello con tanta insistencia. Parecés el profesor van Helsing.

Temiendo no poder contener la risa Martín huyó rumbo a la cocina en busca de una taza de café.

Un pequeño revuelo y nuevos llantos desde la puerta anunciaron la llegada del hermano de Alizia. Julius Kowalski, suspendiendo un recital, había viajado de urgencia desde Nueva York para asistir al sepelio de su madre, a la que no había visto desde hacía treinta y dos años.

A Martín no dejó de impresionarlo la súbita afabilidad en el trato que le dispensaba el violinista. Era indudable que al tipo lo fascinaba aquel romance de su hermana con un integrante del restringidísimo círculo áulico que rodeaba a uno de los hombres más poderosos del mundo.

Luego comenzaron todos esos trámites, visitas a escribanos, abogados y agentes de bienes raíces, siempre engorrosos e inevitables, hasta que un día, por fin, todo estuvo concluido y Alizia viajó con Martín a Suiza, con idea de establecerse –al menos por un tiempo– en el Niederdorf.

Reto los esperaba en el salón VIP del aeropuerto. Al entrar, colgada del brazo de Martín, Alizia estaba –más que nunca– radiante. Al verla, el suizo no pudo evitar un estremecimiento al pensar que tal vez, de no ser por su amigo Martín, esa magnífica mujer correría a sus brazos.

Alizia, al verlo, imponente y encantador en su elegantísima vejez, no pudo evitar un estremecimiento al pensar que tal vez, de no ser por Martín, ella podría convertirse en heredera de aquel inmenso imperio que –se decía– Reto poseía.

Epílogo

Konstanz, Alemania, agosto de 1992

El inspector Schuitz, de la Policía de Konstanz, estaba de pésimo humor.

El inusual calor no aflojaba y Schuitz debía secarse la rubicunda carota con su pañuelo a cada instante, mientras su chofer enfilaba por esa empinada callecita hacia el Bodensee, aquel bellísimo espejo de agua que los romanos llamaron Lacus Brigantinus, y los turistas franceses e ingleses llamaban Lago Constanza.

El coche policial ingresó al muy exclusivo Club Nibeiungen y detuvo su marcha junto al embarcadero. Allí, dos de sus hombres miraban, como esperando que se pusiera de pie, un cadáver recién pescado.

Se trataba de un hombre de algo más de sesenta años, pelo corto casi blanco y una barbita gris tipo candado.

Los dos agujeros de bala que el muerto lucía en el pecho aventaban cualquier esperanza que Schuitz hubiera podido abrigar de encontrarse con un simple turista ahogado, traído por el viento desde aguas suizas o austríacas.

El fiero aspecto del cadáver y el insoportable hedor evidenciaban que ese cuerpo había pasado un buen tiempo en el agua, y de no ser por ese espantoso calor, no lo tendrían allí, con su vientre hinchado, apestando el embarcadero.

En ese momento llegó el furgón. Dos policías metieron rápidamente al muerto en una bolsa plástica y partieron rumbo a la morgue. El viento se llevó por fin el mal olor del muerto. El inspector Schuitz, con la mirada perdida en el lago, pensaba: "¡Qué extraño! ¿Por qué le habrán cortado las manos?".

FIN